藤沢周平著

新潮社版

11583

市(し)塵(じん)

下巻

三十

四月に改元が行なわれて、宝永八年から正徳元年と変ったその年の十月十七日。白石は家宣の命令で川崎駅まで出むき、来日した朝鮮通信使の一行を迎えた。

川崎に到着した使節団は、正使趙泰億、副使任守幹、従事官李邦彦の三使を中心にする三百七十一人で、大坂に残して来た人数を加えると、過去最高の総勢五百人という大人数だった。

この日、白石は早朝に江戸をたって四ツ半（午前十一時）に川崎に着いた。用意してあった旅宿に入ると、到着を待っていたように、国元から通信使一行に随伴して来た対馬藩の国家老平田直賢と藩儒雨森芳洲が、宿をたずねて来た。

雨森芳洲は白石と同じく木下順庵の門弟で、二十二歳のときに順庵の推挙を得て対馬藩に仕えた儒者である。藩では芳洲にはじめ二百石をあたえ、のちに三十石を加増して真文役を兼ねさせた。真文役は朝鮮との外交文書を扱い、また使節の応接にあたるいわば外交官で、対朝鮮外交を重視する対馬藩では軽からざる役職である。

このために芳洲は、はじめに朝鮮語を習得し、さらに中国語を学び二十九歳のときには九州長崎に滞留して中国語に磨きをかけている。若くして師の順庵に後進の領袖と評された芳洲は、すぐれた儒学者である一方、朝鮮語、中国語の日常会話をこなし、かつ外交的な視野も身についた異色の学者とも言える人物だった。

この年の芳洲は四十四歳の働きざかりで、白石よりは十一歳の齢下だったが、木下順庵に弟子入りしたのは貞享二年十八歳のときで、木門の門弟としては白石の先輩にあたる。顔を合わせるとすぐに、二人が久闊を叙したのはそういう事情によるが、その挨拶には多分にぎごちない空気がつきまとった。さきに述べたように、白石の今度の改革案に対して、芳洲が強硬な反対意見をのべているからである。

日本国大君の呼称を日本国王に改める、いわゆる復号の問題をふくめる通信使応接の改革案は、公けにされたのち各方面にはげしい反発、反論を呼びおこした。

将軍を国王と呼ぶのは天皇の聖域を侵犯するものだという批判、またいきなりの広範囲な改革、ことに相手方に譲歩を強いる色あいが濃い儀礼改革は、これまで円満に推移して来た両国の国交に罅を生じさせかねないものだという意見。要するに白石が掲げる改革を、平地に波乱を呼ぶ無用の改悪視するそれらの批判、反対意見の大部分は、林大学頭信篤とその周辺にいる幕府有力者の間に湧きおこっていたが、むろん雨森芳洲の反論は、多分に感情的な反発から出発している大学頭一派の反対論とは、べつの立場からなされている。芳洲は実際に朝鮮国と接触する外交の実務者として、はばかりなく白石の改革案を点検した上で反論したのだった。

　芳洲は反論の手紙の中で復号問題を論じ、今日の朝廷はいたずらに虚名を維持するだけで、事実上の国主は武家である将軍である。冠裳倒置これより甚しいものはないが、ただ一点、臣子恭順の道に鑑みて許すことが出来るのは、かつて公然と外国に対して王号を名乗らなかったことである。それをいま王号僭称の挙に出るのはなぜかと、はげしい言葉で白石を批判したが、その場合もむろん、対馬藩の偽書事件という事実を踏まえて物を言っているのである。

　しかし芳洲のこの反論は、わが国の応永八年に、李朝の太宗が明と国交を樹立して明から朝鮮国王の誥命と印章を受け、同じ年に国交をひらいた足利政権も、それより二年遅れて将軍義満が明から日本国王の冊封を受けた。つまり十五世紀初頭のころ、日本も朝鮮も明国の外交秩序体系の中に組みこまれて冊封を受け、時の実権者がそれぞれに対外的に国王を称した歴史的事実に対する視点を欠いたものだった。

その点に関して言えば、現在の清朝天子と日本の天皇を同列に置き、朝鮮国王と徳川将軍を対等とする白石の発想の方が、実際には天皇の地位を尊んで奥深く、また歴史的事実にもかなって実際的だったとも言える。白石は明の冊封を受けた日本国王は足利将軍で、天皇ではないと割り切って考え、対外的な国王の呼称をあえて精神的に重視することをしなかったのだが、芳洲はそこまでは解釈がとどかず、もっぱら国王の字句にこだわっていた。

そして白石もまた、書簡を読んだかぎりでは、復号問題で芳洲を説得するのは無理だと感じていたのである。白石の胸中には、積極的な幕府容認論がある。朝廷があり幕府がある。日本支配のこの二重構造をよしとする考えである。その確信を、白石は神皇正統記ほかのわが国の歴史書から得ていた。政治の実務と兵馬の大権は幕府が管轄し、ほかの一切の権威は朝廷が管轄する、そして天皇と将軍がそれぞれに名と実を分けて支配するのが、日本という国をまるく治めるもっとも適切な形だと思っていた。

しかし国内はそれでよくとも、その形が対外的には不十分なことも、白石は知悉していた。征夷大将軍などというものは、国内でこそ権威があるものの、外国は誰も相手にしないのである。

さればといって、日本国大君という従来の呼称は、字義そのものに誤りがあるばかりでなく、日本政治の実権者である将軍の実像を言いあらわしているとは到底言いがたいものだった。それならば、と白石は思ったのである。将軍の呼称として、対外的にかつて一度認証されている日本国王の名称を使うほうが、外国からみる将軍の実態に合致し、かつ意味も明瞭になるのではあるまいか。

むろんそう考える白石の胸中には、さきにのべたように幕府が実際政治を経営するのは何らうしろめたいことではなく、むしろわが国の支配の仕組みのすぐれた美点だとする、積極的な幕府制度容認論があるのだが、そのあたりのことを芳洲と論じ合っても、なかなか埒あくまいと、手紙をやりとりした結果から白石は思っているのだった。

そこで白石は、つとめて事務的に通信使一行の状況をたずねた。今度の改正の要点は、対馬藩を通じてはやくから朝鮮側に伝えてあったが、広範囲にわたる一挙の改正については、先方もさすがに戸惑いと不満を隠せず、国書の宛名書き換えで苦情を言い立てたのをはじめとして、旅の途中でも応対の日本側役人との間に時おりはげしい衝突があったことは、白石にも知らせがとどいていた。

そして通信使一行のそういう反応がまた、林信篤を中心にする改正反対、白石非難の合唱の声を、さらに煽(あお)り立ててもいるのだが、聞かれた対馬藩家老はこともなげに言った。

「まあ、まあ、うまくはこびました」

平田直賢は、性格に豪放なところがあって、白石が帰国する平田を呼んで大君から国王へ、宛名書き換えについての実務の見通しをただしたときも、沈思したあとで、ま、あまりむつかしいことはありますまいと請合った。

実際には期日の関係もあって、先方からはげしい不満の声が出たのを平田はうまくおさめたということを白石は聞いている。

「しかし、大坂ではよほど揉(も)めたそうではないか」

と白石は言った。

改正儀礼の要点のはじめに、使節が客館に入るときは門の外で輿(こし)を降りる、儀礼訪問の上使が客館をたずねるときは、使節は階下まで降りて送迎するという二項があることはさきにものべたとおりだが、通信使側はこれに対して自国の儀礼にそぐわないと反発してしたがわず、争論の結着を見ないままに大坂まで来た。大坂の接待役は岸和田城主岡部(おかべ)長泰(ながやす)である。

そこまで来て通信使側はようやく、客館に入るときに門外で輿を降りることだけは受け入れた。しかしもう一項のわが国の上使を階を降りて送迎することには、頑として応じない。連日論争したあげく、やがて上使を迎える日が来たので、随伴の対馬藩主宗義方（そうよしみち）、接待役の岡部長泰、対馬府中の以酊庵（いていあん）から随伴して来た相国寺（しょうこくじ）の祖縁（そえん）、建仁寺の永集両長老が膝詰（ひざづ）めで説得したがきかなかった。説得は七ツ（午後四時）から九ツ（午後十二時）過ぎにおよんだが、通信使側にはまだ折れる気色（けしき）がない。

そのとき平田直賢が仲裁して、どうにかわが方の意見を通すことが出来たと、白石には知らせがとどいている。平田がどう仲裁したのか、白石には小さからぬ興味があった。

「そのおりに、そこもとが働いてことをおさめたと聞いておる」

「ご家老は、朝鮮の衆にこう申されたのです」

と芳洲が説明した。

時刻は夜半を過ぎて主客ともに疲れはて、説得もこれまでかと思われたとき、それまで部屋の隅で黙然と耳を傾けていた平田がすすみ出て言った。わが対馬藩が祖先以来隣好の事をつかさどって百年になる。それがいまになって諸公の誤りから日本、朝鮮両国の和が失われるのは、わが国の損失ばかりではない。朝鮮のためにもなるまいと思う。もし諸公がみずから階を降って送迎出来ないと言うのなら、われわれが諸公を助けてともに階を降り上りして儀礼を済まそうではないか。

平田のその言葉は、情理兼ねそなえたものだったので、通信使側は返答に困り、副使の病気を理由に、別室で相談して答えると言い、座をはずした。

「そして結局、わが方の言い分を受け入れることに決まったのですが、その返答が来たのは夜もいたく更けてからでした。ご家老の説得が利いたものと思われます」

「いやいや、そうではない」

平田は言って、顔をほころばせた。

「じつは使節の方々が座をはずされたあとで、藩の者が額をあつめましてな。使節諸公があくまでもがんばるときはやむを得ぬ、取りおさえて階下まで引きおろそう。それを見て警護の軍官たちが打ってかかるかも知れぬが、それもからめ取って拘束しようと、まことに乱暴な打ち合わせをいたしました。思うに、そのただならぬ気配が先方に洩れて、それで折れる気持になったということでもござりましょうか」

「御藩の苦労はよく承知しておる」

と白石は言った。白石は去る六月に布衣に列せられ、上級の幕臣となったのにつづいて、十月十一日には諸大夫に任ぜられ、筑後守の名乗りを許された。

いずれも通信使応接の改革、あるいは接伴役に任命されたことに関連してあたえられた地位である。通信使応接の事業の成否を一身に担（にな）ったことは間違いがなかった。失敗すれば自身の破滅を招くだけでなく、家宣の威信を傷つけることになるだろう。その立場を意識しながら、白石は礼を言った。

「よくやってくれた」

「しかしいったいに、今度の改革は急に過ぎた嫌いはありませんか」

雨森芳洲がずけずけと言った。

幕府が国を閉ざしたあとも、対馬藩には公私の朝鮮貿易が許されていて、独占販売の高麗人参（こうらいにんじん）をはじめ、中国産生糸、絹布などが長崎、大坂、江戸の市場で高い収益をあげていた。朝鮮貿易は対馬藩の生命線だった。したがって儒にして真文役を兼ねる雨森芳洲の日ごろの努力は、いかにして貿易相手国である朝鮮との関係を、平穏かつ友好的に保つかという一点に傾注されるだろう。したがってそこに降ってわいた通信使迎接をめぐる諸改革を、芳洲が平地に波瀾（はらん）を呼ぶ厄介物視していることも想像に難くはなかった。

その意識は、復号問題についてのはげしい反論の中にもちらついていたが、いまこちらを凝視して物を言っている芳洲の態度にもあらわれている、と思いながら白石は黙って耳を傾けていた。

「大君を国王に改めてしかるべしという、あのような重大事の通告が彼の朝にとどいたのは、使節の一行が釜山浦に着いたあとです」

「…………」

「通告を承認すべきや否やと、廟議は大いに揉めたそうですが、なにしろ使節は途上にあってゆとりがない。やむを得ず通告を受理して書き改めたと聞きましたが、途中まで行った国書を首都にもどして書き改めたのは前代未聞のことと、彼の国ではみなみなおどろいたということです。言うまでもなく、わが方の卒爾な取扱いを非難しているのです」

「伯陽、伯陽」

白石は芳洲の字を呼ぶと、手を上げて制した。

「そのことはもはや手紙で知らせを受けておる」

「そうでしたか」

と言って芳洲は微笑したが、その微笑には、八年後の享保四年の通信使に加わって来日した製述官申維翰に、狼人と評されたようなはげしくふてぶてしい感じがあらわれていた。

その笑顔のままで、芳洲が言った。

「しかし国書の一件にしろ、ほかの儀礼改変にしろ、後代にわたって、何年もかけて改訂すべきものではないでしょうか。白石先生が功を焦られたのでなければ幸いです」

「それは皮相な見方だろう。改変にも時期というものがある」

雨森芳洲の言葉には、あきらかな棘があった。その皮肉な言い方は胸にこたえたが、白石はつとめて感情を押さえて、穏かにそれだけを言った。

従来の国交を見直し、朝鮮との間に彼我対等の外交関係を確立する機会が、そうたびたびあるとは思えなかった。聡明な将軍家宣が健在で、その下で白石が自由に改革の骨子をお膳立て出来るいまをのぞいて、その機会がないことを白石は信じていたが、ここでその信念を持ち出したところで、芳洲には通じまい。

鋭い眼を芳洲にそそぎながら、白石はつづけた。

「国書については、おこともまだわしに言いたいことがあろう。いずれ、席を改めて話そうではないか」

「ぜひ、そうねがいたいものです」

芳洲はやや胸を張るようにして言った。傲然とした姿勢に見えたが、そこで芳洲はふと本来の儒者にもどったように顔いろをやわらげると、話題を変えた。

「白石詩草の序文、跋文はとどきましたか」

「とどいた。お骨折りをいただいた」

白石は礼を言った。

すでにのべたように、白石は芳洲がまだ対馬にいる間に「白石詩草」一巻を送って、通信使に詩集を献呈する労をとってもらっている。白石の狙いは、みずからの詩集を見本にして、わが国の詩文の水準が決して低くないことを相手に認識せしめようというところにあって、なおその上に製述官李礥の跋でももらえれば上々と思っていたのだが、思いがけないことが起きた。

詩草を見た李礥はもとより、正使趙泰億以下の三使が、その詩集に対してこぞって序を書き、それはおよそ十日ほど前に、旅中の李礥から直接に白石の手もとに送られて来たのである。

白石の胸に、一人の学者、詩人としての光栄の思いが満ち溢れた。白石はほとんど詩集を送った本来の目的を忘れそうになったほどである。そして五十五歳の白石は、その喜びが若いころに「陶情集」と名づけた粗末な私詩集に、製述官成琬の序文をもらったときとさほど変りないのを訝しく思ったが、喜びを一人の胸中に蔵めておくのはもったいない気がして、送られて来た序文、跋文を家宣にも披露して見てもらったほどだった。

趙泰億の「其の詩、華絢にして実茂、格高くして趣は雅、豪健にして麁硬に流れず、婉麗にして繊巧に泥まず、駸駸として盛唐人の口気あり」といった序文の文字は、いまも白石の脳裏に刻まれている。

「あれはいい詩集でした。通信使の方々も感服しておられました」

芳洲はさらに言い、そのことでなおも話しこみたい様子をみせたが、平田が後がいそがしくござろうから、このあたりでと言った。白石はこのあと宗義方に会って老中奉書を渡し、さらに通信使の旅宿をたずねて、三使と面談する予定になっていた。

三十一

翌日は八ツ半（午前三時）という、まだ暗いうちに川崎駅を出発し、一行は六郷川を渡った。そして品川に着くと、そこには送迎使を命ぜられた酒井忠真が一隊の藩士をひきいて出迎えていたので、ひと休みすると駅は人馬で溢れた。

そして小休止して出発するときになると、通信使の一行は容儀を改め、軍官は弓矢袋を身につけ、楽手は馬上鼓を打ち笛を吹き、鉦を打ちならすにぎやかな行列となった。色彩あざやかな旗をひるがえす通信使の一団を、対馬藩のおびただしい隊列、さらに白石の一行、酒井忠真の一隊が前後からはさむようにして長い長い行列がつづいた。その様子を沿道にあつまった地元の人々が、驚嘆の顔つきで見送った。

江戸市中に入ると、通信使の一行を見物する人々の数はふえる一方で、行く先々の道が黒山の人だかりとなった。その雰囲気に煽られたのか、曲馬団の馬上才（騎手）の若者が、突然に帽子を捨てて馬の上に逆立ちし、沿道の人々の喝采を浴びる珍事があったほかは何事もなく、一行は客館に定められた浅草の東本願寺に入った。

到着した通信使に対して、この日将軍からさしむけられた上使も、新儀礼にもとづいて、老中ではなく高家の品川豊前守伊氏だったが、この改変をめぐる論争は大坂で一応結着済みなので、通信使からは何の異議も出ず、江戸滞在初日の使節応接はなめらかにはこばれた。

しかし幕府はこの日と翌日の二日にわたって、宗義方に使者を送り、新儀礼について使節を十分に納得せしめるように命じ、ことに十九日の使者は、これから行なわれる進見、賜饗、辞見の三儀式についてくわしく内容をしめして指示を繰り返した。儀礼改革のために、通信使の応接に齟齬、故障をきたすことのないように念をいれたわけで、むろん白石も一連の儀式が無事に推移することを念じていた。

そして雨天のために使節の登城が延期されたりする間に、客館である東本願寺での使節饗応も済み、白石は三使のほかの製述官、書記、訳官とも会合を持ち、また十月二十八日には主として木門にかかわりある儒者を客館に誘って、製述官李礥、洪舜衍、厳漢重、南聖重の三書記ら文人との間に筆談唱和する会をひらいた。

この日参会した儒者は木下菊潭、深見玄岱、三宅観瀾、室鳩巣、服部寛斎、土肥霞洲、祇園南海の七人で、土肥は白石の門人であり、深見、三宅、室は白石の推薦で幕府の儒官となった者である。そのために、白石は道中の使節との筆談唱和、詩文贈答をきびしく規制しながら、身内にはその便をはかったと譏る者がいた。そしてのちにそのときの詩文の唱和をまとめた「七家唱和集」が出ると、悪評はさらに高くなったが、譏った側の林家系統の儒者、文人や荻生徂徠門の儒者たちも同じ時期に盛んに筆談唱和しているので、白石にむけられた誹謗はいわれのないものであった。

しかしそういうことがありながら、日は無事に推移して、白石が使節に蜜柑を送ったり、主客の間になごやかな空気がうまれるうちに、将軍家宣の通信使謁見の日、すなわち進見の儀が行なわれる日が来た。

その日十一月一日はよく晴れて、すがすがしい初冬の日が照る中を、通信使一行は目付加藤明教、山川忠義が指揮する一隊に先導されて浅草の客館を出発した。そこから江戸城までの道筋には、この日の仕事、商いを休んで晴着に着飾った市民がぎっしりと詰めかけている。

その市民が見守る中を、色あざやかな清道旗、数人で支える朱房の形名旗を先頭に、偃月刀、長槍、三枝槍を掲げる兵士、炮手が行き、喇叭手、螺角手を先頭にする楽隊が楽を奏しながらこれにつづく。

そのあとに行くのは曲馬団の騎手、国書を乗せた轎、節鉞、輿に乗る正使、副使、従事官で、前後を警護するのは弓矢を身につけた軍官である。このあとに訳官、製述官、医官、判事、書記、中官、下官の列が延々とつづき、すすむにつれて偃月刀、長槍、三枝槍は日に光り、楽人は鼓笛を鳴らし喇叭を吹き、鉦を打ち鳴らして、沿道を埋めた市民の眼にはいっときの異国の夢かと思うほどにはなやかに映る行列だった。

この日城では御三家を筆頭に、大小名、布衣以上の幕臣がすべて登城して一行を待ちうけていた。無事到着した通信使一行は、三使以下が殿上ノ間に案内され、やがて大広間上段ノ間に出た将軍に、新儀礼どおり正使趙泰億が、高家品川伊氏の介添を受けながら直接に国書を捧げた。そして群臣が見守る中で、大学頭信篤と七三郎信充が国書を披いて読み、重要な儀式を終った。

そのあと三使に将軍から盃が下され、さらに上級通訳官を介して将軍から朝鮮国王の起居を問う言葉があり、三使がこれに答えて後段の儀式が終った。つづいて殿上ノ次ノ間にもどった三使を、宗義方、館伴役酒井忠音、大目付横田由松、祖縁、永集両長老が門外まで見送って、進見の儀が無事に終ったのである。

この日献じられた朝鮮王の贈り物は、人蔘五十觔、大繻子十匹、大緞子十匹、色大紗二十匹、白照布二十匹、黄照布二十匹、黒麻布三十匹、虎皮十五張、豹皮二十張、貂皮二十張、青黍皮三十張、魚皮百張、色紙三十巻、各色筆五十柄、真墨五十笏、黄蜜百斤、清蜜十壺、鷹子十連、駿馬二匹だった。

翌二日、白石は子の明卿、宜卿を連れて下谷の対馬藩邸に行き、そこで行なわれた馬上才の曲馬を見た。その身軽なことはおどろくべきものだった。そのあと浅草の客館に行って、進見の儀が無事に済んだことの祝いをのべて家にもどった。

こうして通信使応接の儀式は何事もなく進むかと思われたのだが、事件は翌三日に行なわれた使節饗応の日、すなわち賜饗の儀の当日に起きた。

この日白石は先に大広間に行き、群臣とともに将軍の出座を待っていた。そして通信使三使が到着している殿上ノ間で異変が起きたことを知った。いそいで起って廊下に出ると、殿上ノ間の方から激した朝鮮語が聞こえて来る。

白石が部屋に入ると、館伴役の酒井忠音、宗義方、祖縁、永集の両僧がほっとしたように白石を見た。何事かと白石は言った。

「方々は、今日の賜饗の席に御三家の相伴（しょうばん）が廃されたのは納得しがたいと言われる」

と義方が言った。白石が見ると、趙は怒気に赤らんだ顔を昂然（こうぜん）と上げて白石を見ている。白石は眉（まゆ）をひそめた。

「そのことはさきにご説明いただいたのではないでしょうか」

「いかにも説明いたしてあるが、受け入れがたいということでござろう」

「通辞官」

白石は部屋の隅にひかえている上々官（上級通訳官）の李碩麟を呼んだ。

「これから申すことを通訳していただきたい」

「承知いたしました」

と李が言った。淀（よど）みのない日本語だった。李は白石のそばに来た。

「すでに宗家よりご説明があったのに、この場になって反対される理由は何ですか」

「あまりに旧例を無視しておる」

と趙は言った。息をはずませ、はげしい見幕を示した。

「旧例と申されますが、これは寛永十三年以来の近例で、三家御相伴ということは、わが朝の勅使を饗するときにもないことです」

「しかし寛永十三年は、わが朝の通信使がはじめて公式に訪日した年である。このとき以来の慣習は、尊んでみだりに改変すべきものではあるまい」

「しかしその旧例なるものは、三家は貴族なるがゆえに西に座し、使節諸公は東に座して、その東の座は臣位です。古礼によれば三使は西方の客位に座せしめ、相伴は東に置くべきが客を敬する形です。なお、言えば……」

白石は、またたきもしない眼を趙泰億に据えて言った。

「お国において、わが国の使節を饗されたときも、三家御相伴に相当する待遇はなかったことは海東諸国記にあきらかです」

「ふむ、ことごとく彼我対等を主張して国情も経緯もかえりみない、対等の前にはよき慣例も無視しようという議論だ」

「そろそろ上様が出座されます」

部屋に駆けこんで来た者が言ったが、白石は無視して趙にたたみかけた。

「どうしても不承知ということであれば、賜饗の儀は取りやめといたしますか。そうなれば両国の国交に大きな傷が出来、その責任は挙げて使節の方々にかかりますぞ」

「趙平泉（ちょうへいせん）」

趙の背後から、副使の任守幹が呼びかけ、さらに早口の朝鮮語で何か言った。言葉はわからないが、このへんで折れてはどうかと言ったのだということは白石にもわかった。

険しかった趙泰億の表情が、ふっとやわらかくなった。趙は白石を見ると、無言で一礼した。白石が顔を上げると、部屋の入口に立っている久世重之と目が合った。そのときまたしても慌しく部屋に入って来た者が、すでに上様は出座されていますと告げた。きわどいところだったのである。

三十二

御三家相伴の廃止をめぐって、朝鮮使節と新井白石との間にはげしい論争が交されたことは、今度の改革を終始白眼視して来た反白石派の人々を大いに喜ばせた。これでまたひとつ、白石を攻撃する材料が手に入ったためである。

それ見たことかと、人々は目を見交してうなずき合ったが、しかし当日の賜饗の儀がそれで流れたとか、不首尾に終ったとかいうことにはならず、一度納得したあとは、使節一行は賜饗の儀の眼目である内殿の饗宴をたのしんだ。

主客が座を移した城中白書院で演じられた舞楽は、振鉾(えんぶ)三節以下三台塩(さんだいえん)、長保楽(ちょうぼうらく)、央宮楽(ようぐうらく)、仁和楽、太平楽、古鳥蘇(ことりそ)、甘州、林歌、陵王、納曾利(なそり)などで、白石は筆談でこれにいちいち丁寧な解説を加えた。使節は興味深げにこれらの舞楽を見終ったが、中に陵王、納曾利などの高麗楽(こまがく)がふくまれていたのには感動したらしく、正使趙泰億は、これらの楽はその名は伝わるものの、楽譜が絶えてわが国ではいまはその舞を見ることが出来ない。しかるにこの国がその楽を伝えていて今日目(ま)のあたりにすることが出来たのは東来（訪日）の一大幸事である、と言った。

さきにのべたように、これらの舞楽は前年上京のときに、白石が狛近家の楽人たちと入念に打ち合わせて用意したものだったので、遠来の使節をたのしませ、兼ねてわが国の文化の浅薄ならざることを知らしめるという白石の目的は、二つともに達せられたというべきだった。

賜饗の儀が無事に済み、お返しに四日は朝鮮通信使が、田安ノ馬場に家宣以下の幕臣をむかえて催した馬上才による曲馬も喝采のうちに終った。さらにその翌日の十一月五日、白石は浅草の客館に通信使をたずねた。その日は明け方から雪が降り出し、五ツ半（午前九時）ごろに屋敷を出た白石が、浅草に着くころには江戸の町はうっすらと雪に覆(おお)われた。

寒い雪の中を浅草まで出かけて来たのは、日ごろ持てる蘊蓄をかたむけて通信使たちと歓談し、改革のためにとかくぎくしゃくしがちな彼らとの間に友好を深めようというつもりだったが、この日の白石の胸にはもうひとつのもくろみが隠されていた。友好を深めるといっても、相手はこちらを、文化的に一段劣る民族と眺めている知識人たちである。その観念は牢乎として抜きがたいものがあるだろうことが予想された。しかし一方で白石は、今度の朝鮮通信使の来日は、この種の偏見をただす数少ない機会のひとつに違いないとも考えていた。機会をとらえて彼らの固定観念にゆさぶりをかけるべきだった。

わが国の文化ももはや昔日の比ではなく、彼らが持つ文化に何ら遜色あるものではないことを認識せしめる。それが阿諛迎合に拠るのではない真の友好、親睦をもたらし、ひいては白石の意図する対等の国交の基礎ともなる、という考えである。

そういうわけで白石はこの日、通信使たちとの間に友好を深めると同時に、ひそかに彼らの優越意識にゆさぶりをかける意図も隠し持って、客館をたずねたのであった。

そういう意図なり、対応の仕方なりが、相手との間に、今度の改革全般について回っているような、ある種の緊張した空気をもたらすことも十分に予想されたが、白石はそのことをさほど恐れてはいなかった。その種の緊張を乗り越えないことには、お互いをあるがままに認識した上に築かれる対等の世界は生まれないことがわかっていたからである。

にわかな雪になり、身体にさわりはないかと、白石は自分をむかえた趙泰億、任守幹、李邦彦の三使を労った。

そのあと四人の間には、上々官（上級通訳官）金始南の通訳で、前日行なわれた曲馬を話題にした、和やかな言葉のやりとりが行なわれた。曲馬を演じたのは池起沢、李斗興という二人の馬上才で、この二人が馬を疾駆させながら行なう馬上立、倒立、倒曳、横臥、馬臀上仰臥、馬脇隠身といった馬技は、将軍の前にもかかわらず見物の幕臣たちからたびたび賞賛のどよめきが巻き起こったほどに見事なものだったのである。

曲馬の話が一段落したあとで、白石はこのあとは内外の話題について、三使と膝をまじえて歓談したいので、筆談の用意をしてもらいたいと申し入れ、三使も諒承したので、それからは通訳をまじえない座談となった。

このとき話題となったのは海外事情、中華文明について、日本、朝鮮両国の外交の基本、国諱について、両国における儀礼文物の遺存についてといったことで、四人は他者をまじえずに、これらの問題を縦横に論じた。

歓談は白石が意図したように、公的な立場をはなれた学者同士の忌憚のない意見の交換という形になったが、なにせ片方は優越意識に凝り固まっていて、片方はまたそれに対して一撃を加えるために来ているというようなものだったので、対話が時には衝突して火花を散らすことになったのは余儀なかった。

最初に話題になった海外事情については、白石の知識は通信使たちを圧倒し、彼らの質問に対する答もきわめて明快だった。彼らにくらべて白石はこれまで清国人、琉球人、オランダ人、スエーデン人などに会ってそれぞれ知識を吸収している上に、先年はローマ人シドッチを訊問して最新のしかも質のよい海外知識を仕入れているので、通信使たちの質問が幼稚に思われるほどだったのである。

話は移って琉球使節来聘のことから冠服の制、さらには両国文明の優劣といったところにまで議論がすすんだが、そこで正使趙泰億と白石の間に最初の鋭い言葉の応酬があった。すなわち趙泰億が、ここでついに心中にある文化的な優越意識をむき出しに表に出してしまい、白石がまたそれに対して、すかさず反撃を加えたのである。

趙泰億が言ったのは、こういうことだった。

「天下皆左衽、而独我国不レ改二華制一」、ゆえに清国でさえわれを礼儀の国とみとめて非礼を加えることはない、いまや「普天之下我独為二東周一」という有様である。

左衽（さじん）は衿（えり）を左前にして衣服を着ることで、中国では左衽を夷狄（いてき）の習俗、右衽を中華の風（ふう）とした。また「我独為㆓東周㆒」の「東周（とうしゅう）を為（な）す」は、論語「陽貨篇」にある「如（も）し我を用ふる者あらば、吾（われ）其れ東周を為さんか」という孔子の言葉を踏まえたもので、わが朝鮮こそ天下にただ一国、周の道を東方に再興するという孔子の理想を実現している国である、というほどの意味だった。すなわち中国の風俗をいまに伝え、中華の精髄を遺（のこ）すのは、天下にわが朝鮮国だけである、と趙泰億は誇らかに言ったのである。「独我国不㆑改㆓華制㆒」も、「普天之下我独為㆓東周㆒」も露骨なお国自慢、自画自賛というべきものだった。

しかし、価値判断の基準を中華に置くことも、それにもとづく自国賛美も、それ自体は格別咎（とが）められる性質のものとは言えず、また趙の言うように、今日の朝鮮が古き良き中国の遺風をもっともよく伝えていることもほぼ事実だった。ただし、つぎに趙泰億が言った、日本も中華の制を用いる気があるか、あるなら今日の文教興隆の様子からみて有望であるという言葉は、彼らの選良意識が露骨に出たというばかりでなく、日本を上から見おろして物を言っているという意味で、かなり無礼なものでもあった。趙泰億は碩学（せきがく）ではあったが、まだ三十六歳の壮年である。この場合は、趙のその若さが表に出たというべきかも知れなかった。

正使趙のその言葉は、彼らのそういう態度と一戦を辞さないつもりで来ている白石の気持を、いたく刺戟した。白石はさっそく反撃した。

「貴国は、周の武王によって貴国に封じられた殷の公子箕子にはじまる国なので、諸君子の来日に大いに期待していたが、いま目のあたりに儀容冠帽等を見るに、それはわずかに近年の明朝の服制に過ぎない」

と白石は言った。通信使の中華意識、選良意識にまず一撃を加えて、これもなかなか辛辣な言葉である。

白石はつづけて、現在の清国はこのところ制度、文物を改変し、固有の風俗の普及を強要して天下の統制をすすめようとしているらしい。しかるに、すでに清国に臣属を誓っている貴国や琉球国が、いまなお弁髪、左衽を強いられずに済んでいるのは、はたして清国の寛大な処遇のせいか、それとも両国がわが国をうしろ楯としているためかは、何とも言えないところではなかろうかと言った。

豊臣秀吉が二度にわたって仕かけた侵略戦争が終ると、朝鮮ではかねてくすぶっていた官僚間の党争が再燃し、およそ五十年ほど前の、わが国の万治二年に起きた己亥礼論を境に、その抗争は次第に激化した。

すなわちわが国の延宝八年に起きた庚申大黜陟と呼ばれる政変では多数の死者を

出し、さらにその後も、党争は王室の世子冊封問題を巻きこんで、李王朝存立の基盤をゆるがすところまで発展した。その様子をすばやく見て取ったらしい、清の康熙帝が、自分の子の一人を、朝鮮王の養子にしたいと申し入れたといううわさがあった。ごく最近のことである。清の皇帝の半強制的なその申し入れは、体のいい譲国の要求にほかならない。

おどろいた朝鮮側は、朝鮮は代々日本と隣交の誼を通じていて、李王朝あるかぎり日本との交際は万世にわたって変じないという約定がある。いまもし要求を容れて李氏が国を譲り、国名が変るようなことになれば日本との約定はどうなるか、不測の事態にもなりかねないので話はお受け出来かねる、とことわったと言う。

白石が耳にしているのはそういうことだったが、同じことは昨年対馬藩から幕府に提出された報告書にも記されていて、それにはもし清国の要望を辞退しても聞かれない場合は、これは朝鮮滅亡の時だから、日本に加勢をたのむしかないなどという話があったことも書かれていた。

白石の反駁は、そういう事実にもとづいて行なわれたので、趙正使が言った清国もわが朝鮮を礼儀の国とみとめて非礼を加えることはないという自画自賛的な言葉に対する、痛烈なしっぺ返しとなった。趙泰億はこれについては黙して答えずという態度で応じたが、白石に痛いところを突かれたのはたしかだったろう。

四者の歓談は、こういう、たとえばそばに事なかれ主義の幕府要人たちがいたら色青ざめたろうと思われる、白刃でわたり合うようなきわどい応酬をはさみながら、飾りのない率直な対話をすすめるという形で進行したが、しかし白石が半ば予想していたように、座談の空気は終始緊張をはらみながらも棘々しいものにはならず、不思議なことに、緊張した言葉のやりとりの間に、時には笑声さえまじった。

白石、使節の双方に、語り合うことが無数にあり、対話をすすめる間に、おのずから知識人として共感することも出て来たということだったろう。

昼前からはじまった歓談は、途中に食事をはさんだだけで、休みなく精力的につづけられた。そして客館が暮色につつまれるころに、製述官の李礥や書記が歓談の席に姿を現わすにおよんで話が一たん熄んだとき、白石と三使は、期せずして興奮いまださめやらぬという顔を見合わせたのだった。

日本と朝鮮両国の文化の態様、あるいは国交のあるべき姿などについて、それぞれに持てる知識を傾けて語り合った結果、多くの稔りある対話が成立し、相手に対する理解も深まったことをお互いに悟ったのである。

副使の任守幹が、満面に笑いをうかべて「今日此会、誠両国千古之盛事、可㆔以記㆓

諸史乗一矣」——史書に記して今日の会合のことを遺すべきだ、と書いて示すと、白石もすかさず筆を走らせて、「不佞幸見二此盛事一、可レ謂二曠世之奇会一耳」と書いて応じた。

三十三

浅草の通信使客館で行なわれた筆談で、白石は自在に漢文を駆使し、のちに通信使たちをして、「筆勢ハ流水ノゴトク、智弁(ちべん)ハ海ノゴトシ」と感嘆せしめた。

事実このときの歓談では、白石は取り上げられたすべての話題について対等にわたり合っただけでなく、海外知識、衣冠儀礼に関する質疑では、相手を圧倒する学識を示したので、通信使たちが白石の学識才幹をたたえてそう言ったのは当然とも言えた。彼らは、雪の一日を徹して語り合った相手が、日本の第一級の知識人であることを悟ったのである。

遠来の彼らが内に隠し持っている優越意識にゆさぶりをかけるべく、単身客館に乗りこんだ白石の意図は、ほぼ達されたと言うべきだった。

今度の通信使来日を前にして、白石と家宣との間に出来上がった合意は、応対儀礼をふくむ両国の交際にみられる偏り、前回の天和度の通信使来訪で頂点に達した観のある偏った待遇様式を改変し、対等の国交関係を確立することだった。

白石の胸中には、日本の使節が釜山にとどめられて首都に入ることを許されていない現状では、日本側も彼の国の使節を対馬にとどめて、そこで応接するのが相当ではあるまいかという考えもあったが、それは思うだけで実現出来ることではなかった。とすれば、どうしても従来の慣例という大枠の中での改革が必要である。家宣との合意はそういうものだった。

そしてその意味では今度の改革——復号問題の実現や儀礼改革は、多少の曲折はあっても、大よそのところ意図したとおりにはこばれて来たといってもよい。白石が試みた使節との直接の対話も、大きく言えばその改革の趣旨に沿って、彼らの意識の深部にある偏りを一撃する意味を持つものだった。

それで彼らの意識がただちに変るというのではなくとも、踏むべき手順のひとつではあった。雪がやんだ夜の道を帰りながら、白石は疲れてはいたが首尾よくその手順が踏めたことに満足し、あとは残る最後の儀式、辞見の儀を終えて、通信使一行が帰国するのを見送るだけだと思った。

ところがその辞見の儀のあとに、思いもよらない大事件が発生したのである。

辞見の儀は十一月十一日、三使以下の朝鮮通信使を江戸城にむかえて、つつがなく執り行なわれた。すなわち将軍家宣から三使に暇（いとま）を下さる旨（むね）の言葉があり、朝鮮国王、三使以下通信使一行に対する贈物が披露され、最後に回答の国書が渡されて、通信使一行は輿にのせた国書を護（まも）って城を下った。辞見の儀はこれで首尾よく終ったわけである。

翌十二日には、通信使の応接がめでたく完了したことを祝って総出仕が行なわれ、十三日には宗対馬守義方に対して帰国の許しが伝えられた。宗義方は、いうまでもなく通信使一行につき添って、ふたたび対馬に帰るのである。将軍からは、義方の骨折りを犒（ねぎら）う言葉があり、馬一匹、来国俊（らいくにとし）の刀一振り、さらに幕府に召し上げられていた宗家の旧臣柳川調興（やながわしげおき）の領地二千石を宗家に返す旨が伝えられた。褒賞（ほうしょう）である。

これらの沙汰（さた）につづいて、将軍からは特に、今度改正した応接内容は永世の例となすべきものなので、その式次第はいずれ複写してあたえる旨がつけ加えられた。

ほぼ一ヵ月にわたる朝鮮通信使の訪日にかかわるすべての日程がこれで終り、一行は明日にも出発という段取りになったわけだったが、宗義方に将軍家から暇が下りた同じ日に、家にいた白石を雨森芳洲がたずねて来た。

旧知の芳洲が暇乞い（いとまごい）に来たものと考えて、軽い気持で上にあげた白石は、芳洲が通信使正使趙泰億の手紙を持参した使者であり、その手紙がまた容易ならないものであることを知ると顔色を曇らせた。趙の手紙は、回答の国書には十一代の王中宗の諱（いみな）である懌という文字が使われているが、わが朝鮮では諱を犯すことを禁じている。よって、これを復書として持ち帰ることは出来ないので、書き改めてもらえないかと述べていた。

白石は顔を上げて芳洲を見た。芳洲はこころもちひややかな目で白石を見守っていた。

「中宗は現国王から何代前にあたるかな」

白石が言うと、芳洲は即座に答えた。

「七代前でしょう」

「それなら大丈夫だ」

白石は顔色をやわらげて言った。

「礼記（らいき）檀弓篇の註に、五世にして諱（い）むことなきは古（いにしえ）の礼だとあったのをおぼえておる」

「さて、それで先方が承知しますかな。かなり強硬なように見えましたぞ」

芳洲はそう言うと、さらに一歩踏みこんで来た。

「復書を草したのはどなたですか」

「佐々木万次郎。しかしわしも目を通しているから、責任はわしにある」

言うと白石は膝を起こした。

「とにかく説得の手紙を書いてみよう。向うに渡してくれぬか」

しかしそのときになってはじめて、白石は先日の筆談のときに趙泰億が、日本には偏諱の規定があるか、日本の文人の詩文を読むと、忌むべき諱を平気で犯し用いているようだがどういうわけかと聞き、また回答の国書を、受け取る前に見せてもらうことは出来ないかと聞いたことを思い出していた。

日本にも諱を忌むということはないことではないが、朝鮮のように厳密に神経質にこだわるわけではない。白石はそこに出て来たいわば文化の相違といったものに奇異な感じを受けながら、わが国では用字の法は訓詁にあって声音にはない、従って諱法も文字にはないのだが、近世に至って大概諱法を採用している、復書の草案を見せるということは出来ない、と答えるにとどめている。いま手紙を読んでみると、そのときの趙泰億の真剣な顔がうかんで来るようだった。

しかし芳洲を待たせて机の前に坐ったころには、白石の腹は決まっていた。要求は断固はねつけるべきだった。自分の国の慣習を楯に、すでに渡された国書を書き直せというのは、あまりにも自分本位の無礼な話ではないか。

「礼記檀弓篇の『故を捨て新を諱め』に註して、鄭玄は喪主の六代前の先祖の諱はもう避けなくともよいと言っている」

言われる中宗は現国王粛宗の七代前にあたり、諱を避ける筋合いではない、と白石は述べ、さらに筆勢鋭く書きつづけた。

「子が父の諱を避け、臣下が君主の諱を避けるのは、子たるもの、臣下たるものの自然の情である。しかし隣国の君主をして、自分の国の臣下であり、子であるがごとくに過去の国王の諱を避けさせるというのはどういう理屈によるのか、納得しがたい。かりに両国の君主が、お互いに過去の国王の諱を避けることとしたにしても、七代も前の国王の諱を避けるということは、申したとおり古代にも例のないことである。申し込みは受け入れがたい」

そこまで書いて、白石は筆をとめた。先方の国書の中に、反論の手がかりになりそうな重大な字句があったような気がしたのである。天井を仰いで思案しているうちに、やがてその字句がうかんで来た。光紹基図という四文字である。

白石は一気呵成（かせい）に書いた。

「また貴国からの国書を見ると、中にまさしく御当代の御祖父家光公の諱を犯している。論語にも己れの欲せざる所は人に施すことなかれとあるのに、七代前の国王の諱を避けよという者が、どうしてわが将軍の御祖父の諱を犯している国書を持参したのか」

言うところがいちいち無礼である。それがしとしては、こうした申し出を将軍家に取りつぐことはいたしかねる、と締めくくると、白石は手紙を封じて芳洲に渡した。

「帰国の期日も迫っていることゆえ、ご足労だがこれをただちにお使者にとどけていただきたい」

「中身をおうかがいしてよろしゅうございますかな」

芳洲は言い、白石が沈黙していると芳洲はさらに粘っこくつづけた。

「さきほど申された五世にして諱むことなしということを？」

「それに、犯諱を言うならば先方の国書にも『纘承殿下、光紹基図』の文字があり、明らかに大猷院殿（家光）の諱を犯しているではないかと書いた」

「しかし先方は、わが国に犯諱の慣習がないことを承知しておりますぞ」

「そんなことはあるまい」

と白石は言った。

「現に国書から『不宣』の文字をのぞくようにという要望は即座に聞かれたではないか」

将軍あての朝鮮国王の結辞は、これまでずっと「不宣」の二字を使用して来たが、このたびは新将軍の名が家宣なので、「不宣」の文字を使用しないようにと対馬藩から申し入れたのに対して、朝鮮側はすばやく応じて措置した。

白石はそのことを言ったのだが、芳洲は首を振った。

「あれは朝鮮国自身がはなはだしく犯諱を重んじる国であるがゆえに、あのように敏速に応じたものです。しかも『不宣』の二字は現将軍家に関した事柄であり、応じないわけにはいきませんが、彼らは歴史的にみてわが国には犯諱の慣行なしとみているのです」

「………」

「国書を受け取ったときに咎められるならまだしも、先方からの抗議に対する反論として、改めて『光紹基図』を持ち出すのはいかがなものでしょうか」

「伯陽、そこらへんがそこもととわしの考えの異なるところだ」

と白石は言った。

「慣習か何かは知らぬが、他国にむかって古礼にもない七代前の国王の諱を忌めというのは、いかにも無理。外交の上から申しても唯々としては従いがたい一点だ。しかし……」

やや語気を改めて、白石はつづけた。

「どうしてもその無理を通さねばならぬのであれば、当然わが将軍家の諱も、国書よりのぞくべきであったと申しておるのだ。わが方の諱は七代前などという古いことではない。上様の御祖父、ごく近間のことではないか。人に物言うからには、それぐらいの配慮があってしかるべきだろう」

「おそらく……」

芳洲は思案するように首をかたむけた。

「七代前の中宗大王は朝鮮国では英主とされ、いまなお特別に扱われているお方です。親尽くるを以て諱まずという解釈は、この王にはあてはまらぬと彼の国では考えているのではないでしょうか」

「とにかく、国書を書き直すことは出来ぬ」

いかにも朝鮮通らしい芳洲の弁護には目もくれずに、白石はぴしゃりと言った。

「いったんはこのまま国に持ち帰って、ありのままを国王に告げ、国王もまたいかにしても改訂をのぞむということであれば、そのときは改めて二国交渉することにしてはいかがかと申したと伝えてもらいたい」

「承知いたしました。しかしながら……」

芳洲もまた、にべのない口調で言った。

「先方がそれで納得することはありますまい。言われるごとくにこのまま復書を持ち帰れば、国法によってきびしく罰されることは火を見るよりも明らか。という次第で、この問題はまだ揉めますぞ」

二人は一瞬けわしい目を見合わせた。その瞬間、芳洲はこのひとは朝鮮のことを何も知らぬ、と思い、白石は白石で、この男、まるで向う側の人間のような口をきくではないかと思っていた。

やや硬い声で、芳洲が言った。

「それがしがかれこれ申すよりも、白石先生ご自身が、宿舎に参られて談合されてはいかがですか」

「それは出来んな」

今度は白石はやわらかく受けた。

「御使者どのに聞かれたら、さようさ、白石は病いで臥せておるとでも言ってもらおうか」

帰る芳洲を玄関まで見送ってから、白石は書斎にもどり、机の前で深々と考えに沈んだ。対応に誤りはなかったかと点検したのである。やがてうなずいて、火桶の上で手を押し揉んだ。ほかに手段はなかった。

——これは、つまるところ……。

文化の争いだ、と白石は思っていた。彼らの要求をいれれば、彼の国の文化に屈することになる。そうなれば、ここまでの努力がすべて水泡に帰するのは明らかだと思われたのである。

しかし趙泰億たちもあきらめなかった。翌日に行なわれた対馬藩主、長老たちの説得をはねつけ、一日おいた十五日には、逆に宗義方を通じて復書の書き改めを幕閣に直訴したのである。月次の拝賀で登城していた白石は、老中の土屋政直に呼ばれた。

「書き直してもらいたいというのは、一字だけだそうではないか」

「そうです。懌の一字です」

「何とかならんのか」

「何ともなりません。もしどうしてもということならば、その前に先方が持参した国書を、先に書き改めてしかるべきでしょう」

老中は白い眉をぴくぴくと動かした。そして忌むべきものでも見るように、白石をじっと見た。

「その方の態度が、かたくなに過ぎるのではないかと申す者もいるぞ」

「そのように言われていることは承知しております」

「しかし先方は、書き直しを嘆願して来ているのだ。国情に照らしてよほどのことがあるのだろう。それを容れないのは、かの国の王家に対して非礼ではないのか」

「非礼とは思いません」

白石は強くはねつけた。

「諱の問題には、国の面目がかかっております。たやすく譲るわけには参りません」

「しかしだな」

土屋政直は、あごの先にあてていた白扇をはずして、懐柔するような微笑を白石にむけた。

「彼の男ら、使節の者どもは、この申し入れが聞かれないときは、生きて国に帰らぬという覚悟らしいぞ」

「それは、それがしの関知するところではありません」

老中の笑顔に抗（あらが）うように、白石ははげしく言い返した。国家の面目といったことには一顧もせず、単にその場しのぎの事なかれ主義で事を済まそうという老中に、強い怒りを感じていた。

「申し上げるならば、これまでも少なからずあった争いのごときは、ほとんどが枝葉末節。今度の諱の一件こそ、わが国が譲ることのならぬ一大事と存じます。それがしもまた、はじめに申し上げたことは、死すとも改めますまい」

「ふむ」

老中の顔に、狼狽したような気配と同時にまたしても忌むべきものに出会ったような表情がうかんだ。白石の風貌は、自らの肖像画に題して「蒼顔鉄ノ如ク鬢銀ノ如シ、紫石稜稜電人ヲ射ル」とうたったように、いささか常人ばなれしている。その顔にうかんだ、ただならない気迫に辟易したというふうに見えた。

老中はうつむくと、たたんだ白扇の先で肉のたるんだあごの先を軽く打ちつづけた。それから、不意に顔を上げて言った。

「では、どうするつもりだな」

「いかようにもどうぞ。目障りならば、それがしはこの一件から手をひかせて頂きます」

「そうはいかんだろう」

困り切ったように老中が言った。

しかし白石は中ノ口の自分の部屋にもどると、いそいで墨を摺（す）り、宗義方にあたえるべき将軍家宣の諭告、老中からの論文を草（そう）し、老中から話を聞いたらしく心配して様子を見に来た間部（まなべ）詮房（あきふさ）に、その草案を渡した。

家宣の諭告も老中の論文も、これまでの経過と白石の主張を懇切に述べた上で、いったん復書を持ち帰って国王の意向をたしかめた上で、改めて故家光の諱をのぞいて書き直した国書を持参し、そのときに復書の改定を受けるか、それとも一度復書を返し、国書も国に持ち帰って改写し、ふたたび持参したときにこちらで改写した復書を受け取るか、いずれかの方法をとるように、ただしこの場合使者は江戸まで来るにはおよばず、交換の場所は対馬（つしま）でよろしいと、改定国書の交換方法まで指示して、通信使を説得するよう命じたものだった。

こういう簡略な事後処理の方法まで明記し、さらに宗義方に対して、今回の犯諱問題が三使の過失によるものではないことを朝鮮国の要路にいる者に説明するように命じたのは、言うまでもなく白石が、それによって趙泰億らが、帰国したのちに処罰を受けることがないように配慮したのである。

宗義方の説得を受けた通信使は、呻吟（しんぎん）の末に第二の交換方法を受け入れた。復書を返し、国書を持ち帰る方をえらんだわけである。このために十八日には、江戸城から出た将軍の使者が、長櫃におさめた朝鮮王の国書を浅草の客館まではこび、ここでしかるべき儀式があって、今度は同じ長櫃で将軍から渡された回答の国書を持ち帰るという、前代未聞の光景がみられたのである。

朝鮮通信使と対馬藩士の長い行列は、十九日の昼ごろに江戸を立って帰国の途についた。季節はすでに冬で、江戸の町は陰鬱な曇り空に覆われ、冷えた空気が路上に立ち籠めていた。その中を白石は午後になって登城し、間部に会うと辞表を提出した。

通信使応接の改革は白石が采配を振った一大事業だったのだが、その改革をすすめる間に白石にむけられた非難、中傷は腹に据えかねるほどのものがあったのである。改革が強引にすぎるという非難、あるいはたびたび通信使と衝突したことに対する悪罵などはまだ我慢の出来るものだったが、やがて改革そのものが白石自身のためにするもののように言う中傷があらわれたときには、白石は人心の陋劣さを思って気持が沈んだ。

そのころから白石は、通信使応接の日程がつつがなく終了したときは、その日を区切りに出仕をやめようとひそかに決意していたのである。そして実際にその日が来てみると、気持が大きな仕事を成しとげたあとの空白につつまれるような気もしたのだった。城勤めをやめても悔いるところはないと思った。

白石は翌日は城から借覧していた書物を返却し、さらに二十一日には老中の土屋政直、大久保忠増、若年寄の久世重之、加藤明英といった人々のところを回って通信使応接について協力してもらったことを感謝し、あわせて辞職の挨拶をした。

三十四

辞表を出し、老中、若年寄に辞職の挨拶をしてまわったものの、白石は結局は辞職を思いとどまった。辞表を出したあとで家宣に慰留された上に、ひきつづき朝鮮通信使迎接を指揮した功績で褒賞を受けることになったからである。

通信使迎接に関連して行賞が行なわれたのは十一月二十二日で、登城した白石に、間部詮房がわざわざ家宣の言葉を伝えた。内密の家宣の言葉は、今日老中を通じて沙汰することがあるが、異議をとなえてはならない、というものだった。おそらく白石が褒賞の沙汰も受けず、あくまで辞職に固執することを心配したのだろうが、白石はむろん、家宣の重ねての配慮に抗ってまで、おのが我を通す気持はなかった。ご心配のようなことはしないと、白石は間部に答えた。

その日白石は、老中大久保忠増を通じて五百石の加増を受け、家禄一千石となった。

同じ日に行賞を受けたのは寺社奉行本多忠晴、大目付仙石久尚、勘定奉行荻原重秀、目付鈴木利雄、鈴木直武、河野通重、大久保忠位などで、ほかに白石のむかしの同僚で、いまは小納戸に勤める船橋希賢、柴田八郎左衛門、さらには儒者深見玄岱、服部保考、室鳩巣、三宅観瀾、佐々木万次郎といった人々だった。

白石は加増の御礼を言うために、老中、若年寄の御用部屋を回り、最後に間部の部屋をたずねた。

「ただいま、家禄を倍に増し下されるという御沙汰を頂戴しました。有難いことでござります」

「文句は言わなんだろうな」

「いえいえ、さような恐れ多いことは申し上げるはずがありません」

白石は間部のあくまでもやわらかな、そのために時には得体が知れないように思うこともある笑顔にむかってつつましく頭を下げたが、すぐに顔をあげて言った。

「しかし先に申し上げましたごとく、このたびの使節迎接の始末は、はたして本日のような褒賞に値するかどうか、甚だ疑問です」

間部に辞表を提出したとき、白石は国書交換の不手ぎわの責任をとる旨を、表むきの理由とした。

たしかに、国書交換という通信使来日の最大の眼目であるべき部分に大穴があいたまま使節が帰国したことは、反白石派が鬼の首を取ったように一斉に非難したとおりに、周到にすすめられた通信使迎接の盛儀が最後に来てミソをつけたものと言えた。他人の目には、遣り手の白石が九仞の功を一簣に欠いたと見えたにちがいない。辞表を提出するに十分な理由と言えるだろう。

しかし辞表を出した当の白石の本心は、いささかべつのところにあった。国書が交換されなかったのは、たしかに迎接の事業をすすめて来た白石が、最後に演じた失態だった。しかしその失態の責任は使節側にある、と白石は考えていたのである。古礼にもない七世の祖の諱を忌めとは、何という強引な言いぐさかと白石は思ったのだ。聞く耳持たぬという態度で押し通してよい。

そう思っていたから、使節が帰国したとき、白石の胸をまず満たしたのは安堵感だった。先方の言い分をいれて国書を書き直したりせずに済んでよかったと思ったのである。書き直せば、七世の祖の諱まで忌むという、日本人には理解しがたい文化のあり様を固執する先方に迎合し、屈したことになり、結局は国の威信を損じたことだろう。その意味から言えば、国書を交換出来なかったのは失態にちがいないが、国の威信を賭けた主張では引き分けたことになろうと白石は思い、人が非難するほどには失態を気にしなかったのである。

辞表を提出した主たる動機は、むしろ通信使迎接の改革という大きな事業のすすめられる間に、自分にむかって絶え間なく浴びせられた非難、嘲罵（ちょうば）、中傷のたぐいにほとほと嫌気がさしたことにあった。それら反白石派の言動に、反発することにも怒ることにも倦（あ）きたが、そういう不人気な自分を重用している家宣の立場というものを考えなければならなかった。ここらが潮どきだろうと、白石は思ったのである。

ところが、昨夜あたりになって白石のそういう考え方に、微妙な変化が出て来た。その変化というものをひと口に言えば、通信使迎接の最後に演じられた不首尾の責任は、誰のものでもなく、やはり白石自身が負うべきものではなかったかという考えだった。それは使節が帰国し、間部詮房を通じて辞職の意思表示を行なって肩の力が抜けたところで、するりと入りこんで来た想念だったのである。

——要するに……。

と昨夜、白石は深夜の書斎で筆をやすめながら思ったのだった。犯諱ということを、それほどの重要事とは考えなかったのだ、と。

白石は謁見（えっけん）の儀、賜饗（しきょう）の儀が終ったあとで、城から朝鮮の国書を借り出し、複写してそれを返答の国書を担当する佐々木万次郎に回した。それが十一月八日のことで、むろんそのときに、朝鮮国書の中に「竊承殿下、光紹基図」の文字があったのを見ているものの、白石は特に家光の諱が犯し使われていると注目したわけではなかった。同様に、佐々木万次郎が草した返答の国書に、「礼幣既豊、書辞且縟、其於感懌、罔罄敷陳」の文字があるのも見たが、その中の感懌の懌が朝鮮王中宗の諱であり、その文字を使うことが諱を犯すことになるとは思いもしなかったのである。朝鮮通信使との応酬に至って、白石は家光の諱を持ち出したけれども、これはむろん相手を論破する必要から持ち出した理屈で、はじめから「光紹基図」の一句を犯諱の一大事と考えていたわけではない。

それでもむろん、犯諱の一件を自分の国の特異な慣習をタテに、相手に同調を強制する理不尽な言い分だと非難することは出来るけれども、その慣習と慣習を守ることにかくも厳格な朝鮮の国情というものを十分に理解していなかったのは、やはり白石の失態だったろう。告白すれば、犯諱の問題はすっぽりと白石の盲点に入っていたのである。

雨森芳洲を朝鮮かぶれと卑（いや）しんだのは間違いだったと白石は思った。心を虚にして芳洲の意見を聞くべきではなかったか。

「いまにして悔いることがあります」

と白石は間部に、浅草の客館をたずねて使節と筆談したときに、正使の趙泰億が日本に偏諱の定めがあるかどうかをたずね、また返答の国書の草稿を見せてもらえないかと言ったことを話した。

「おそらく趙正使はそのとき、国書をめぐって犯諱という重大問題が起きはせぬかと、内心深く憂えていたものと思われますが、それがしには見抜けませんでした」

「それで？」

「犯諱の一件がこじれたのは、それがしの責任です。かの国の国情を理解せず、また事の処理にあたって無用の肩ひじを張ったのが、あの不祥事を招いたことは間違いありません」

間部は微笑をひっこめて、白石をじっと見た。そしておもむろに言った。

「しかし公平に見て、むこうの言い分にも無理はあったろう。国書を書き直せとは、そこもとが申したとおり無礼この上ない言いぐさだった」

「たしかに。しかし、事がそこまで行く前に、一度先方の立場になってみるべきでした」

「後悔しておるのか」

「そうです」

と白石は言った。率直な気分になっていた。

「使節は帰国ののち罰されるかも知れません。しかるに同罪であるべきそれがしが、褒賞をうけて家禄をふやすのは、いささか免れて恥なきに似はしまいかと思っているところです」

「ふむ、豪気の筑後守が、しか言うか」

白石を見た間部の顔に、微笑がもどった。

「しかし、言い分を聞いては国威を損じると申したのはそこもとではなかったかな。相手を思いやるのはけっこうだが、すでに過ぎたことだ。そこまで深刻に考えることはあるまい。加増などというものはな、筑後守……」

間部の顔に、あけっぴろげの明るい笑いがうかび上がった。

「かれこれ申さず、有難く頂戴しておけばいいのだ。それから、ただいまここで申したことはよそには洩らさぬことだな。上様が是認されたことに抗うに似て畏れ多い」

中奥にある間部の詰め部屋を出たとき、白石は気持がさっきより明るくなっているのを感じた。

間部は話したことを誰にも言うな、と言ったが、むろん白石は国書交換の不手ぎわの全責任が自分にある、などということを間部以外の人間に言うつもりはなかった。

とりわけ儒者たちには、相手がたとえ心をゆるしてつき合う木門の深見玄岱、室鳩巣であろうとも、いまの心境を打明けるつもりはなかった。言えば喧々囂々、白石を断罪するための議論が噴出し、やがては議論のための議論まで出て来てはてしがなくなるだろう。煩わしいことだった。

その点、間部は議論のための議論を好むような人物ではなかった。間部はつねに現実に照らして物事を裁断し、道理のある議論といえども、現実に益するものがないとみれば未練なく捨て去ることが出来た。それが政治だということを、白石は間部から学んでいる。

おそらく、白石が間部とウマが合うのはそのためなのだろう。白石も現実を重んじる儒者だった。

後年に至って室鳩巣は、白石の学問について「聖人の学とは一膜へだたりたる様に覚え候」と批判的な見解を述べたが、その見方は必ずしも白石を理解しているとは言えないだろう。白石は、先に家宣に進呈之条を提出したときに、その中に「いにしへを知るといへども、今を知らざれば所謂春秋の学にあらず（中略）、世の講官多くは、いにしへをのみ論じてその詞今に及ばず」と記したように、元来が現実を重視することに学問の価値を見ている学者だった。

行ない澄まして聖人の域に近づくことは目的でなく、白石は孔子も学問を役立てるために諸国をさまよったではないかと考えることに血がさわぐ人間だった。白石の学問の、余人が真似（まね）がたい美質は、むしろ鳩巣が批判した現実主義そのものの中にあるというべきだった。

とは言うものの、白石の本質は政治家ではなくやはり儒者だった。白石が持ち出す意見は、しばしば観念過多に傾きやすい。しかしそれを間部の明快な現実主義とつき合わせることで、よい結果が生まれることが一再ならずあった。いらざる観念が排除されて、実現可能な上策が洗い出されて来るというようなものだった。

白石がいまの心境を告白したのは、相手の間部がそういう人物だったからである。はたして間部は、現実にかかわりある要点だけを注意深く拾い上げて意見を言い、その余の、たとえば白石の罪悪感などというものは歯牙（しが）にもかけなかった。間部のそういう態度には、ある種の良質の楽天性とでも言うべきものがあって、聞く者の気分を楽にする効能があった。

間部の部屋を出たとき、白石は、自分の言ったことが間部詮房という人物を通して濾過（ろか）され、無用なものはどこかで排除されて、現実この世に役立つものだけが残ったという気がした。気分が明るくなったのは、むろんそのためである。

もっともそれで、昨夜来の重苦しい想念がすべて水に流されるように跡形もなくなったというのではなかった。残っている現実この世に役立つものの中には、辞表を提出したのは間違いではなかったという考えもふくまれていた。

——いずれ……。

しかるべき機会をみて、身をひくべきだろうと白石は思った。濾過されて、自分の失態もいっそう明瞭に見えていた。

白石が中奥を出て表御廊下まで来たとき、うしろから声をかけた者がいる。新井筑州とそのだみ声が言った。振りむくと、勘定奉行の荻原重秀だった。

ずかずかと、荻原は近づいて来た。

「おことは城勤めから身をひくと聞いたが、身はひかで加増を受けたらしいの」

荻原は言って、のぞきこむように白石を見た。荻原の顔にうかんでいるのは非難ではなく、単純な好奇心のようなものに見えたが、言うことはなかなか辛辣だった。

「儒者先生も、道義よりは五百石の加増を重しとされたか」

「何のことかわかりませんな」

白石はひややかに荻原を見返したが、すぐに言い直した。

「余人は知らず、お奉行の口から道義などという言葉はうけたまわりたくないものです」

「それはどういう意味だ」

「意味はいずれ、おわかりになりましょう」

言うと白石は、背をむけて中ノ口御廊下の方にむかって歩き出した。うしろで荻原が、無礼な男だと言うのが聞こえた。通りかかった若い御坊主(おぼうず)が、二人の険悪なやりとりにおどろいたように、うつむいていそぎ足にすれ違って行った。

——奸物(かんぶつ)め！

と、白石は腹の中で罵(ののし)った。中ノ口の自分の部屋にもどったが、興奮がさめず、しばらく部屋の中に突っ立ったまま息を静めた。

あの男がいる間は、めったに辞職などは出来ぬと白石は思った。

三十五

白石は床の間から持って来た風呂敷(ふろしき)包みを解くと、古びた木箱を出した。風呂敷をたたみ、慎重な手つきで箱の紐(ひも)を解き蓋(ふた)をあけると、中から取り出したものをひとつずつ机の上にならべた。

何の道具とも、あるいは道具の一部とも知れない金物が五個、船乗りを図柄としたカルタ一枚、べつの大きなカルタ一軸、大小二十枚ほどはあるオランダ絵、古びた世界地図一枚、地球儀一個、附属の磁石一個、地球儀を取りつけている台座の釘かくしが、四個のうち三個まではずれている。

ほかに天象儀一個、これにも磁石が一個ついていて、やはり四個の釘かくしのうち、一個がはずれている。ひと口に言えばがらくた様のそれらの品々を、白石は丁寧に机の上にならべると、仔細らしく指でつつきながら眺めている。

その様子を、書斎の端で小机にむかって書きものをしている土肥元成が見ていた。元成が書写しているのは、白石がこの春から家宣に進講している日本史の講義原稿である。

白石は今年、正徳二年の正月四日に、講書始の恒例に従い家宣に詩経既酔篇を進講した。家禄一千石で叙せられて従五位下筑後守となっているが、白石の身分は依然として若年寄支配の寄合儒者だった。そして宝永四年四月にはじまった資治通鑑綱目続編の講義も、断続的ながらまだつづいていた。

しかし城中における白石の役割が、いつからか侍講というよりは家宣の政治顧問といったものに変って来ていることは、みんなが認めるところで、肩書にしたがって漢籍を講義することは必ずしも重要事ではなくなっていた。

そして漢籍の進講ということになれば、将軍家に経書を講義することを家の務めとする林家がおり、その林家は当主の大学頭信篤がいまも時おり城中にのぼるほかに、高齢の大学頭を助けて子の七三郎信充、百助信智が家宣に経書を進講して、城中の儒者団の中心をなしていた。

林家のほかにも、白石同様に古顔の服部保考、いまそばにいる土肥元成、白石の推挙で幕府儒員となった深見玄岱、室鳩巣、三宅観瀾などがいて、その中に無理に白石が割りこんで、家宣に漢籍を講義する必要はなくなっている。

詩経を講じ、通鑑綱目続編の講義をつづけているのは、寄合儒者という建前を維持するための儀式のようなもので、白石の立場はもっと自由になっていた。家宣に新たに日本史を講義するという計画も、この自由な立場があって実現したことだった。

講義の内容は、徳川幕府成立以前の通史、とりわけ頼朝以来の武家政治と朝廷との関係に力点を置くことになる予定で、白石は既述の「藩翰譜」で用いた、つとめて事実に語らしめて批評の筆を押さえる方法を捨て、今度の講義では自分の史観に照らして縦横に歴史を論じてみたいと思っていた。そういう白石の念頭に、林羅山、鵞峯二代にわたる林家が、幕命で編纂した「本朝通鑑」があることは言うまでもない。

前篇三巻、正篇四十巻、続篇二百三十巻という、林家の著作物である浩瀚なこの日本通史に、白石は不満を持っていた。講義の中身はそういうものだったが、講義そのものは、日本の天下の大勢は、九度変化して武家の治世となり、武家の治世がまた五度変化して、当代に至ったこと、という総論に入ったばかりだった。ほかに用があって来た元成が筆写しているのは、総論の進講済みの部分で、もとめに応じて間部詮房に進呈するものである。

「先生、それは何ですか」

白石が机の上にならべた物を、指でいじったり、筆の軸先でつついたりしているのを、筆をやすめて見ていた元成が、たまりかねたように聞いた。

白石はちらと元成を振りむいた。

「これはどうも、ただのがらくたのようだな」

白石はつぶやきながら、つかみ上げた把手のように湾曲している金物を、着物の袖口できゅっきゅっと拭いた。骨董屋のおやじといった手つきだった。

すると、得体の知れない金物は、庭の土の上に射している早春の日を吸って、鈍く光った。白石はそれを机の上にもどした。

「御城の蔵に眠っておったものだ。オランダの品物らしいというから借りて来たのだが、どうも値打ち物とは見えぬ」

「それをどうなさるおつもりですか」

「オランダの甲比丹（カピタン）（商館長）の一行が来たのは聞いておるか」

「はい、一昨日でしょう。宿舎は浅草の善龍寺とうかがいました」

「それだ」

と白石は言い、机の上から手控えの小さな帳面を取った。

「甲比丹こるねれす・らるでん、役人ほうれす・いもんす、外科医うぃろむ・わあがまんす、書記やん・ほいすらあるの四人だ。この四人が来るというので、面談いたしたいと思ってな。お許しを得ていたのだ」

「………」

「ついでに、話の種にと思ってこれを借り出して来たのだが、思ったよりもがらくたのようだな。この地図も地球儀も、オランダの品にしては幼稚なものだ」

しかしこの絵は何だ、とつぶやいて、白石は今度は戦争画とおぼしい暗い色調の絵を手でかざして、ためつすがめつ見入った。そして振りむいて、源四郎と呼んだ。

「明日、わしと一緒に甲比丹に会いに行くか。行きたかったら連れて行くぞ」

「いえ」

「言葉は心配いらんぞ。一緒に来ておる通辞の今村源右衛門は旧知の人間だ」

「いえ、ご遠慮いたします」

と元成は言った。そのまま講義原稿の筆写にもどった。

――ふむ、源四郎は……。

異人は好かぬと見える、と思いながら、白石はオランダの品物を、ひとつずつ埃をはらって、また慎重に箱にもどした。それから立って縁側に出ると、敷石に置いてある下駄をはいて庭に降りた。

つげや松、青木の繁みなど、常緑の木々をのぞいて、庭の木はまだ枯れたままだった。わずかにかえでの枝頭が赤らんでいる。西空にまわった日がその背後から射しかけて、庭は明るかったが、空は曇りかけていた。よく見ると、空の半分ほどは薄い雲に覆われ、いま照っている日も間もなく雲に入るようである。

そのせいでもあるまいが、早春の日はかぼそく心もとなげな光をふりまいていた。そして庭に出てみると、外気はまだつめたかった。

――いや……。

そうじゃないかな、と思いながら、白石はひらいた障子の奥に見える、土肥元成の謹厳な顔に視線を投げた。元成は異人が嫌い、などということではないかも知れない。

土肥元成は、行方をくらました伊能佐一郎をのぞけば、ただ一人の、白石の公然の弟子だった。その立場からすれば、頼りとする師の白石が、侍講の座を林家の人びとや新参の室鳩巣、三宅観瀾などに明けわたしたように見える昨今は、心ぼそく感じるかも知れなかった。元成は儒学の徒であり、白石の庇護をあてにして儒学で喰って行かねばならないのである。

源四郎はまだ二十だ、と白石は思った。そういう気持には、もっと配慮が必要かも知れない。

「扶持がふえて……」

白石は外に立ったまま、家の中の元成に言った。

「多少は、暮らしが楽になったか」

「それがなかなか」

と元成は言った。筆をおき、白石を見て微笑した顔に大人びた表情が出ている。

「ま、不足のところは不足なりに暮らしております」

「そうだろうな。十分じゃなかろうな」

と白石は言った。はじめて四十人扶持で桜田屋敷に仕えたころの、自分の暮らしぶりがふと胸を横切った。

土肥元成は、暮れに加増を受けて扶持が倍になった。といっても、十人扶持が二十人扶持になったに過ぎない。ところがもらった加増分の扶持は十二月一ヵ月分だったので、白石に相談に来た。もしや支給期の十月にさかのぼって、もっと頂けるのではないかと思ったのは、やはり暮らしが苦しいからであろう。

しかし問い合わせてみると、そうするのが従来の例という答だった。白石はそのとき、元成の気持を汲んで金五両をあたえている。白石の四十人扶持でも家の中は火の車、必要な書物を買うどころか、暮らしのために借金をしなければならなかったのだから、家族が少ないとはいえ、元成の家の暮らしのつまりが想像出来た。しかし今月は加増後初の四分の一のお借米が支給されたはずである。

白石は縁側に腰をおろした。

「今月の五日のことだ。勘定組頭の萩原源左が来て夜話をしているうちに、わしに貸しがあると言い出した」

白石には古いお借米があった。三年前の宝永六年に加増されたときに返済すべき前期のお借米で、翌年は返済するはずだったが、京都行きで費用がかさみ、返済がのびてしまった。それがまだ、そのまま残っていると萩原美雅に指摘されたのである。調べてみると、米で九十九俵金納にして三十七両ほどである。

白石は間部に相談して、御納戸金から三十七両を借り、金納することにした。

「ただし御納戸への返済はとても一ぺんにとはいかない。今年の暮れから五ヵ年の年賦（ねんぷ）返済ということで手形を切り、一昨日やっと借米の返済を済ましたところだ。一千石といっても、大きくなればなったで費用もかかる。楽ではない」

「金に値打ちがなく、物が高すぎるのです。庶民はみな嘆いております」

と元成が言った。

元成の筆写は、まだ手間がかかりそうだった。夜食をたべて帰れと言うと、元成は喜んで、台所にそのことを告げに行った。

白石は庭にもどった。日のいろがうすれたと思ったら、はたして雲に覆いかくされているのだった。うすい雲は、空の三分の二を覆いつつんでしまい、さっきまで見えていた青空は、東南の方に押しやられている。

——金に値打ちがなく、物価が高すぎるか。

白石は空を見上げたまま、考えこんだ。その考えの中に、するりと入りこんで来たのは、納戸金の拝借が決まった十七日に、間部が言った言葉だった。前々日の十五日、家宣は日光道中の巡視を終えて帰城した作事（さくじ）奉行曲淵重羽（まがりぶちしげのぶ）、普請（ふしん）奉行水野忠順、目付大久保忠位の三人を引見し、労をねぎらった。そのあとで、突然に血の気を失って昏（こん）

倒したという。

御気色、つねならず拝見したと、間部はささやいたのである。つねならず見えたというのが、どういう状態だったのかは、居合せなかった白石にはわからない。ただし想像は出来た。単純な喪心状態ではなかったということなのだろう。

――いそがなければならぬかも知れぬ。

と白石は思っていた。家宣が丈夫でいる間に、勘定奉行の荻原重秀をのぞくということである。だが、それには決死の覚悟がいるだろう。そう思ったとき、突然に空からぱらぱらと雨が落ちて来た。そして、その雨はつめたい風まではこんで来て、白石をふるえ上がらせた。

三十六

白石は筆をおくと、腕をのばして机の端にのせてある菓子器の蓋をあけた。漆塗りの菓子器は、さっき末娘の長がはこんで来たものである。中に入っている黒砂糖をまぶした煎り豆は、雛祭りのおさがりの品だという。苦労して嚙むと、口の中に甘味がひろがった。

——桃の節句か。

と思った。そう思っただけで、たちまちに昨日のことのように思い出される記憶があった。元禄七年二月に病死した次女のことである。次女の名前は清と言い、死んだときは六歳だった。

清は母親似の丸顔で、利発な少女だった。白石の妻は、私が子供のころは丸顔にひけ目を感じましたけれども、近ごろはこれがはやりですからこの子もやがては良縁にめぐまれましょうと言った。その言葉を、白石は大変に喜んだ記憶がある。

夫婦は静という長女を嬰児（えいじ）のうちに失っていたので、すくすくと育つ利発な次女に、ことさらな愛情をそそいでいた。

元禄六年の暮に、白石は甲府藩の儒者として召抱えられ、不安定な浪人暮らしを終らせることが出来た。扶持は少なかったが、大藩に抱えられた安堵感は大きかった。その喜びがさめないうちに、清のために桃の節句に使う緋毛氈（ひもうせん）をもとめたのも、次女をかわいがる気持が特別だったからである。内裏雛や屏風（びょうぶ）、這子（ほうこ）、犬張子などは、妻の実家朝倉家からもらったものであった。

しかし清は、桃の節句を待たずに急逝した。そのときのおどろきと悲しみは、それからかれこれ二十年近い年月が過ぎたいまも、まだ消えずに白石の胸に残っていた。

白石は豆を嚙みながら、かすかに聞こえて来る奥のざわめきに耳を傾けた。あのときの緋毛氈に内裏雛をかざり、灯をともした女たちが、馳走の物を喰いながら何かの遊びでもしているのかも知れなかった。

身体を傾けて手文庫をそばに引きよせると、白石は中をさぐって詩稿を取り出した。むかし、清の死を悼んでつくった詩の草稿である。

天風　月ヲ吹イテ衣ヲ沾シ
環珮　魂ヲ招イテ夜未ダ帰ラズ
琴上絃ヲ断チ　誰カ復弁ゼン
空シク素影ヲ懸ケテ　金徽ヲ照ラス

紙が黄ばんだ草稿をしばらく眺めてから、白石はためいきをひとつついた。それから草稿を手文庫にもどし、手文庫と菓子器の蓋をしめた。

筆に手をのばしたが、気持がまだいま書いている文章にもどらないのを感じた。書いているのは勘定奉行荻原重秀を弾劾する文章だった。白石はその弾劾書を家宣に捧げ、荻原の罷免を迫るつもりだった。白石の見るところ、荻原は幕府という建物の柱に巣喰った、もっともたちのわるい害虫だった。幕府を喰い物にして肥え太っている鼠賊だった。このまま居座らせておくわけにはいかない。

弾劾書には、そのことをもっとも鋭く、もっとも明解に説きあかす言葉が必要だった。

　白石は今度は手を机の下にさしこみ、夕方に来た武具屋が置いて行った包みをひっぱり出した。風呂敷包みを解いて細長い箱を出し、蓋をあけると、中に槍(やり)の穂が入っていた。中子(なかご)に紙を巻き、懐紙をくわえて箱から出すと、平三角の穂が青白く光った。槍を持って来たのは、下谷御成街道(したやおなりかいどう)に店を出している総兵衛(そうべえ)という武具屋である。この槍は無銘でございますが、平安城吉房の作とも言われていますと総兵衛は言った。しかし、白石は湯島台下に住んだころ、一度総兵衛の店で贋物(にせもの)をつかまされたことがある。無条件には信じ難かった。

　しかし灯にかざしてみると、ほれぼれとするほど気品のある槍だった。肌は青く澄んで、深い湖面をのぞくようだった。その中を白い刃文が流れる雲の形に走り、鋩子(ぼうし)は灯を吸って神秘的に光っている。

　蜻蛉切(とんぼぎり)と呼ばれる名槍(めいそう)のことを、白石は思い出していた。蜻蛉切は徳川四天王の一人本多忠勝(ただかつ)が持っていた槍で、抜身(ぬきみ)の槍を立てているときに、たまたまその穂先にとまったとんぼが真二つになったという伝説が伝えられている。いま白石がつかんでいる槍の穂は七寸ほどで、大笹穂(おおささほ)と呼ばれる蜻蛉切よりはかなり小さいだろう。

白石はこの槍が欲しかった。もっとも、しかるべき目を持つ人間に鑑定させてからの話だが、柄をつけ、鞘をかぶせて長押に吊せばさぞ見ばえがするだろうと思う。

――しかし、高いだろうな。

と思った。槍がもし総兵衛が言うように平安城吉房の作だったら、とても白石が買える品ではなかった。年賦でむかしのお借米の返還分を支払っている身である。いくら気持が惹かれるといっても、槍を買うのは無理だ。ま、総兵衛が取りに来るまでの眼福とするか、と思いながら白石は槍の穂を箱にもどした。箱は、今度は立って行って床の間の隅に置いた。

三月に入ったというのに、夜気はまだ寒かった。立ったついでに火桶に炭をつぎ、机にむかって坐り直した。気持は今度はまっすぐに机の上の文章にもどって行った。

元禄八年以来、金銀貨を改鋳して幕府が得た差益金（出目）は、白石が書類や聞き出しによって計算したところによれば金貨四百四十一万二千二百二十八両、銀六万九千九百十八貫二百二十五匁で、銀を当時の比価五十匁一両にあてはめて金に換算すると金貨百三十九万八千三百六十五両になるから、差益金の合計は五百八十一万五百九十三両となるはずだった。

膨大な金額である。しかしその改鋳は金銀の質を落とした改悪であり、加えて貨幣改鋳後間もなく、幕府が金一両につき銀六十匁とすると金銀の比価を改定したことが、貨幣のなめらかな流通を妨げ、物の値上がりと庶民の窮迫を招いたという批判があった。

しかしこの批判とは逆に、一方には荻原が指揮して行なった貨幣改鋳がなければ、幕府の財政ははるか以前に破綻（はたん）してしまったろうという有力な意見もあって、むしろこの見方の方が幕閣の大勢を占めていた。貨幣の質よりは取りあえずの量の増加を重視するこの立場から見れば、荻原は幕府財政の救世主、偉大な錬金術師であり、そのために前述したようにたびたびの加増を受けたのであった。

白石の意見はまたべつにあって、白石は庶民の暮らしを圧迫している物の値上がりは、貨幣の劣悪な、実際に金貨そのものが裂けたり折れたりするほどに劣悪な品位にも原因がないとは言えないが、しかし主たる理由は量が多すぎることではないかと疑っていた。

もっとも貨幣改鋳において量を優先すべきか、それとも品位についての考慮を優先すべきかということは、いま早急に答をもとめられている問題ではなく、またこの問題にはなお白石自身にも不明なところがあった。物価の高騰（こうとう）と貨幣改鋳の関連には、ひと筋縄ではいかない困難な要素が入りこんでいる気配があって、白石はこれについては、さらに慎重な考察をすすめるつもりだった。

ただ、総額五百八十一万五百九十三両という膨大な出目を出した改鋳事業の中で、疑問の余地なく鮮明に見えている事柄があった。改鋳がもたらした物価の高騰が、庶民の暮らしを圧迫していることと、勘定奉行荻原重秀とその周辺の者が、改鋳を好餌として私腹を肥やしたことである。

それは二つながら政治上の失態というべきものであり、見過ごしには出来ないものだった。

金座、銀座の関係者は、金銀貨を改鋳するごとに、法定の請負手数料を受取る建前である。かえりみて白石は不審に堪えないのだが、たとえば貨幣新鋳、改鋳のような事業は、将軍一代の間にそうたびたび行なわれることではなく、手数料の制度、歩合率といったものも、およそはその頻度を想定して設けられているはずだった。

もしそうであるなら、元禄以降の度重なる改鋳、かつ計算のように莫大な金額にのぼる出目を出す改鋳には、対応して手数料の率を引き下げるといった措置がとられてしかるべきであるのに、白石が聞いているかぎりではそういう措置が行なわれた形跡はなく、老中の間の議題にものぼらなかったらしい。

当然金座、銀座関係者が手に入れた手数料は莫大な金額になることが予想されたが、はたして彼らが事業から得た利益がそれだけのものかどうかを、白石は疑っていた。白石の耳には、貨幣改鋳で得た利益のわけまえは、荻原が二十六万両、家来の長井半六が六万両といううわさが入って来ているからである。幕府から借用した三十七両の金を、今後五年間をかけて返済すると、割賦上納の手形を書いたばかりの白石からみれば、目がくらむような金額だった。

しかし言われているようなことが罷り通っているとしても、少しも不思議ではないと白石は思う。

要するに、貨幣改鋳をふくむ幕府財政の要所要所は、すべて荻原重秀一人が握っているのだった。その上、その要所のからくりがどうなっているのかはきわめて不透明で、荻原以外の者には容易に窺い知ることが出来ない仕掛けになっていた。

だから荻原が、国の財政は行き詰って、もはやにっちもさっちも行かなくなったと言えば、聞いただけで将軍も老中も驚倒してしまうことになる。白石は、荻原が過去二度にわたって、その種の恫喝めいた言辞を弄して、老中を周章狼狽させたことを知っている。家宣も老中たちも、幕府に金貨換算五百八十万両の出目をもたらした荻原の財政手腕に頼り切っていた。

勘定奉行荻原重秀は、以上のような意味あいでは、老中を上回る幕府最高の実力者と言っても過言ではない存在だった。その実力を背景に、荻原は自分の懐を富ませるための、さまざまなかつ悪辣な汚職行為を行なっていた。たとえば、白石にも多少のかかわり合いがあった、こういう事実がある。

家宣が将軍職を継ぎ本丸に移るときに、慣例にしたがって中奥を改築した。中奥は御座ノ間、御休息ノ間など、将軍が日常を過ごす居間のある区域で、ここの改築をめぐって、今度の御居間改造には巨万の金を費されたらしい。四阿ひとつつくるにも沈香を材料に用いられたということだといううわさが立った。

この話を耳にした白石は、間部を通して、この人々のうわさは唐の沈香亭から来たことでしょうか、もしそうならば、それは安禄山の反乱の原因となったことだから、今度の御移転を祝うことは出来かねますと言った。すると家宣は、人々の言うところが嘘かまことか、実物を見るがよいと言って、御小姓の村上正直を案内につけて、改築した中奥の内外を、残りなく白石に見せた。

白石が見て回ったところによると、まず四阿に特に沈香をもとめて使ったというのは誇張された話だった。四阿の建築に、沈香と言い伝えられていた木材が使われたことは事実だったが、それは城北の糒蔵に長く死蔵されていたもので、それを知った家宣が命じて四阿建築に活用させたのである。その上実際に、その木材を削って火にくべても沈香の香はせず、ただの異国渡来の木材に過ぎないようだった。

その四阿がある場所から、改築された中奥の外回りもくまなく見えたけれども、白石の見たところ、それは御殿としてはありきたりの造作で、どこに世間の話の種になっているような、巨万の金を費した贅が凝らされているのかわからなかった。

にもかかわらず、改築に巨万の費用がかかったのは事実だったのである。中奥改築の指揮を命ぜられたのは勘定奉行荻原重秀だったが、荻原は関係者に改築の概要を説明するとき、幕府の蔵には使用に耐える材木が一本もないと言い切り、すべての用材を新たに注文した。

当然材木商たちは大喜びしたが、彼らが納入した用材は柱一本が百両もする高値のものだった。しかし荻原は、本丸移城を待たれる将軍のために工事をいそぐのが先決問題、値段は商人の言い値で買って工事をすすめろという言い方で現場の疑問を封じた。こういう事実が、白石のその後の聞き質しでうかんで来ている。

荻原のこうした杜撰きわまる作事指揮の結果、たかが将軍の御居間一帯を改築するのに、七十余万両という費用がかかったのである。しかし当時かしましかった、荻原の手もとには材木商たちから多額の献金が流れこんだらしいといううわさが事実とすれば、荻原の指揮の杜撰さが計算された杜撰というべきものだったことは、まず疑いの余地がないのである。家宣ははじめ、幕府財政の手詰まりを考えて、中奥改築に乗り気ではなかった。いますぐにやらなくともと言ったのを、慣例だからと改築をすすめたのは荻原だった。しかも荻原は去年の年貢（ねんぐ）の集まりがよく、改築に何の支障もないと焚（た）きつけたというから、やることが悪辣である。

荻原の私欲がからんだこの種の辣腕ぶりは、かつては北ノ丸に綱吉の隠居御殿を建てるときにも発揮されたし、最近では朝鮮通信使が来日したときに表われた。浅草の東本願寺に使節の客館を造営したのは荻原重秀だが、その場合の関係業者、商人との癒着ぶりはつぎのようである。

幕府では、新規に工事を起こす場合、しばしば、業者、あるいは商人を起用して工事全体を請負わせる。そのとき請負いをのぞむ者たちを一堂にあつめて入札を行なうのは常識で、使節客館の建築でもその手順が踏まれた。最少の請負い工費を書き出した者が、工事を請負い完成させた。

しかし以上は建前で、実際には入札に加わるためにまず金が必要だった。つまり入札を希望する者は、工事の大小にしたがって、あるいは百両、多ければ千両という大金をひそかに担当奉行に贈る。この金をたてものと呼んだ。その上、もしお役を申しつけられた場合は、お上のお支払いを受けたところで、お奉行にその中から若干の金（きん）

子を割り戻しいたしますなどと言う。この割り戻し金が礼物である。

このたてものと礼物の申し立てが少ないものは、入札に加わることが出来なかった。ましてたてものも出さず、礼物の申告もしないなどという迂闊な者は、はじめから相手にもされなかった。これが入札の内幕である。

このために幕府の息がかかった工事を指揮する奉行は、入札を行なうたびに千両をくだらない金が懐に入る仕掛けになっていた。そして朝鮮通信使来日にあたっては、荻原は勘定奉行という役職柄、客館造営にとどまらず業者、商人が請負うほかの仕事にもあちこちと首を突っこんでいたので、懐に入った金はかなりの額になるはずだった。

白石が骨身を削る思いでやりとげた通信使迎接という事業を、荻原はいわば喰い物にしたのである。それだけでも腹が立つのに、世間は物の値段が高上がりしてやまないのは、家宣がやらせた中奥の改築と朝鮮使節の来日がひびいているためだ、などと非難がましく言う。

――許しがたい男だ。

と白石は思っていた。荻原重秀は、通信使どころか、幕府を喰い物にして太っている男だった。その肥大した欲望のために国を誤りかねない人間だった。

白石が、思わず険悪な顔で床の間にある槍の穂の箱を振りむいたとき、廊下を近づいて来る足音がした。聞き馴(な)れた足音は妻女のものだった。その足音が、白石ののぼせをさました。

――雛祭りは終ったか。

と思った。気がつくと、奥から聞こえていたかすかなさざめきの音は消えて、家は深夜の重い静寂につつまれていた。

「入ってもよろしゅうございますか」

と襖(ふすま)の外で妻女が言った。白石は机の上の紙に記されている激越な弾劾の文字を、妻女の目から遠ざけるように少し動かしてから、入ってよいと言った。

三十七

「荻原の人柄については、知らぬわけではない」

と、家宣が言った。穏やかな言い方だったが、穏やかすぎて言葉のはしばしに気だるい疲れがのぞくような家宣の物言いを、白石は幾分不安な思いで聞いていた。

小姓の姿もなく、ほかには陪侍(ばいじ)している間部詮房(まなべあきふさ)がいるだけだった。間部はつねに君側にいる。間部が家宣のそばをはなれることがあるだろうかと白石はしばしば疑う。

「しかしほかには国の財政をまかせるに足る適当な人物がおらぬ。荻原を罷免するのはいとやすいが、後が困ろう」

相変らず気だるいような言い方で、家宣がつづけた。

「新井が差し出した文書に申すことは、いちいちもっともである。しかし言ったとおりだ。いまは時期とは言えぬ」

そのまま家宣の声が途絶えたので、白石がそっと顔を上げると、家宣は脇息に身体をあずけて目をつむっていた。

将軍が脇息を使いはじめたのはいつごろからだろうか、と白石は思う。聖賢の書の講義ではないからかまわないようなものだが、家宣は近ごろ、白石が日本史を進講している途中から、脇息を取り寄せて使うことがある。

身体のどこかに疲れがあるのではないか、と白石は考える。その想像は白石の気持を不安にした。それとも、ただのお齢のせいだろうか、と思っていると、家宣が目をつむったままで言った。

「才ある者は徳がなく、徳がある者は才がない。人間はとかくそうしたものだ。まことの人材は得がたい」

家宣は目をひらいて白石を見た。そしていくらか張りを取りもどした声で、言うとおり荻原は徳のうすい者だ、しかし繰り返すようだが、ただひとり国の財政を賄(まかな)うすべを心得ておる。そこは認めてやらねばならんぞと言った。穏やかだが断固とした声音だった。

白石は深々と礼をした。これで荻原弾劾は頓挫(とんざ)したのである。失望感が胸にあふれたが、家宣がその判断を下した以上、反駁(はんばく)がゆるされないことはわかっていた。

「仰(おお)せの趣、ごもっともと承りました」

と白石は言った。

中奥にある御座ノ間をさがると、白石は城の廊下を顔も上げずにいそぎ足に歩き、中ノ口の詰め部屋にもどった。そのまま机の前に坐った。机の上には、やりかけている訴訟関係の書類が載っていたが、むろんすぐに仕事にもどる気持にはなれなかった。

――鼠賊め。

これで当分の首はつながったか、と思った。改めて無念の思いが胸にこみ上げて来た。

家宣に提出した荻原重秀を弾劾する書類は、白石が心血をそそいで書き上げたものだった。つとめて感情をおさえて、荻原を勘定奉行の職から遠ざけざるを得ない理を説いたつもりである。しかし書きすすめながら、白石は荻原憎しの感情がつい行間にあふれ出るのをとめられなくて、めずらしく二度も三度も書き直した。弾劾書が私憤のいろを帯びるのは避けなければならなかった。

夜を徹して書き上げ、書き終えたときには、荻原とともに辞職することも考えた。弾劾してひとを職から追うからには、それだけの覚悟が必要だと思ったのである。しかしそういう一切が、今日の家宣の裁定で無駄骨に終ったようだった。

将軍も老中たちも、思い違いをしていると白石は思った。白石の見る限りでは、荻原はたとえ財政の運用に限ってみても、さほどの才能がある人物とは思えなかった。ただし荻原は金の仕組みを一手に握ってしまった。そのために財政の収支、ことに荻原が管掌（かんしょう）する貨幣の仕組みが不明となり、家宣も老中たちも幻におびえて、荻原が公費を湯水のように使いながら、そこから私利を得ているという明白な事実を認めたがらないのだと白石は思う。

しかし白石もまた、そのあたりのことを十分に説得出来る証拠をそろえられなかったのである。荻原糾弾の理を説いたといっても、弾劾書には弱点があった。取り上げられなかったのもやむを得まい。

——これから……。

いかにすべきだろうか、と白石はぼんやりと思った。

弾劾書が取り上げられなかったからと言って、あそこまではげしく糾弾した人物と、何事もなかったようにともに城中に勤められるだろうか。荻原は汚吏（おり）だった。しかし家宣の裁定は見て見ぬふりをせよということである。はたしてそれが出来るだろうか。

城勤めの一切が、にわかに色褪（いろあ）せて味気ないものに変ったような気がした。伝蔵に家督を譲って隠居するのもわるくはないな、と白石はふと思ってみる。勤めをひいて、書を読み著述をする。たまには江戸の名所とされている場所もたずね、あるいは友人をたずねて歓談する。市井（しせい）の隠者として、ひとに拘束されずに暮らすそういう日々は、さぞ心たのしかろう。

——そうなれば……。

百助を長崎に連れて行って、蘭医（らんい）に見せることも出来ると思った。

次男の百助宜卿（よしのり）の病弱が、白石の近ごろの気がかりの種だった。白石は妻女との間に十人の子供をもうけたが、うち六人の子女を失った。次女の清が六歳で病死したのをのぞけば、あとはいずれも一歳から三歳までの夭死（ようし）である。

それだけに残る子供たちに対する白石の思いは、つねならぬものがあった。なにとぞ丈夫に育って欲しいと、神に祈らぬ日はなかった。その祈りが通じたか、長男の明（あき）

卿は父の名伝蔵を名乗って御目見を済ませるまでに成人し、伝（ます）、長（べん）の二人の女子も丈夫に育っているが、次男の宜卿が虚弱だった。兄妹の誰かが病気になると、その病気をもらって熱を出し、また吹き出物が出やすい体質だった。顔色は青白く、身体は痩せている。

その子を見ると、白石は自分の体質の弱い部分を受け継いだのではないかと、不愍になる。宜卿は十四歳だった。

今年の春、白石は参府した甲比丹こるねれす・らるでんらオランダ人に会うために、宿舎になっている浅草の善龍寺を二度たずねた。むろん家宣の許可を得て、オランダ国の事情その他を聞き質しに行ったのである。

このときにオランダ人とかわした会話の大まかな内容は、㈠オランダの開国について、㈡イスパニヤへの隷属と独立、㈢オランダの政治制度、立国の体制、国民性、地理産物、㈣海外への進出の状況、㈤国民の容貌、服装、風俗習慣、冠婚葬祭の儀式、信仰、㈥国際紛争の例、㈦オランダの軍法、軍制といったものだった。

このような異国の知識をたくわえることは、白石のもっとも好むところで、今村源右衛門の通訳で、白石はしばらくは時のたつのを忘れるほどに会談に熱中した。ことに収穫だったのは、オランダがすぐれた軍事力を持つ強国であるのを知り得たことだった。このことは、オランダを単なる通商相手国、いわば海のかなたから来る商人と考えていたこれまでの認識を改めさせるほどのものだった。

二度にわたるオランダ人との会談は、白石にとってきわめて有益なものとなったが、二度目の三月五日の訪問のとき、白石は公私混同とも言えることをした。会談に次男の宜卿を同伴したのである。

先にも述べたように、参府のオランダ人一行の中には、外科医のういろむ・わあがまんすが同行していた。白石は同伴した宜卿をわあがまんすに見せ、診察を乞うたのである。わあがまんすは吹き出物を治療する油薬などをくれたが、宜卿の病弱は身体の内部に原因があって、内臓の病気にくわしい専門医に見せないと、ここで正確な診断をくだすことはむつかしいという意味のことを言った。診断のむつかしい病気だということである。

——百助を……。

長崎まで連れて行って、オランダ人の医者に見せようかと思うのは、そういういきさつがあったからである。

白石は七歳の年に、重い疱瘡をわずらって危篤状態に陥ったことがある。そのとき西洋医薬の「ウニカフル」（ウニコルン）をあたえられて、奇蹟的に命をとりとめた。

このことは、子供ごころにもただごとでなかった病気の記憶とともに、白石の心中深いところに刻みつけられ、西洋医学乃至は西洋の医薬品については、白石はいまも深い信頼感を抱いていた。

性格篤実なオランダ通辞今村源右衛門に頼んでおいて、わあがまんすが言う権威ある良医が来日したときに知らせてもらえば、百助を診察してもらうことが出来るだろう。不可能ではないと思う。ただし城勤めをやめて、身の自由を得ればの話である。

——しかし……。

ここで勤めから身をひくと言えば、すなわち進言を用いられなかったからやめるという形になり、大恩あるお上にあてつけがましい行為となるだろうか。当然そうなる、と白石は自問自答した。

白石は机の上の訴訟書類を手もとに引きよせた。見ているのはすでに判決が出た古い訴訟で、興味を惹かれて見直している途中だったが、いまはその仕事にもあまり気が乗らなかった。興味は色褪せて、古いことをつつき回して何になるという気になる。

中ノ口の部屋は、前後に通路と庭があるため、御納戸口よりは明るいが、それでも八ツ半（午後三時）を過ぎると、三月といえども手もとがうす暗くなる。白石が書類をさらに引きよせたとき、声がして、顔見知りの奥御坊主が部屋に顔をのぞかせた。

「間部越前守さまがお呼びでございます」

と奥御坊主が言った。場所は中奥の間部の部屋ではなく、黒書院だと言う。

「黒書院？　たしかか」

「はい、そこにご案内するようにとのお言いつけでございます」

まだ若い奥御坊主はそう言い、立ち上がった白石にご案内いたしますと言った。

「いや、一人で参る」

白石は身支度をととのえて黒書院に行った。すると下段ノ間の中央に、間部が来て坐っていた。使いを出した後、すぐに来たらしい。

黒書院は正月十一日に具足祝を行なう場所で、また年始、五節句、そのほかの式日に将軍が出座して、幕臣である新御番組頭、表祐筆組頭、奥・表御祐筆から挨拶を受ける座敷でもある。上段十八畳、下段十八畳の広い座敷だった。

「お待たせして申しわけありません」

白石が詫びると、間部は軽くうなずいた。そして白石が坐るのを待ってから言った。

「そろそろ花も終りだろうに、なかなか冷えることだ」

「さようでございます」

と、白石も答えた。

人気（ひとけ）のない黒書院の広い畳の上に坐ると、澱（よど）んでいた冷えた空気が四方から身体をつつんで来る。三月半ばの季節とは思えないほどだった。

もっとも、この極端な冷えは広い座敷のせいでもあるだろうと、白石は思った。中ノ口の詰め部屋にいたときは、こんなに寒くはなかったようである。このつめたい座敷に呼び出した間部の用件は何だろうかと思ったとき、間部が口をひらいた。

「お上にさし上げた進言書は、わしも読んだ」

「………」

「さっきのお答えには、筑州もさぞ不満だろうが、お上のお立場も考えねばなるまい」

「それは、むろん……」

と白石は言った。間部は自分を慰めるために呼んだのだろうかと思った。間部がほのめかしていることはわかる。

「重々心得ております。荻原どのはご老職諸公の信頼ただならない人物、といった事情もござりましょう」

「わかってもらいたいのは、そのへんのことだ」

間部は言ったが、つぎに声をひそめるでもなくずばりと言った。

「しかし、荻原は悪人だ」

「………」

白石は驚愕して間部を見た。だが間部は顔にうす笑いをうかべて、白石の驚愕に答えただけだった。

「いや、かねてそうは考えていたが、そこもとの弾劾文を読んで、いよいよ間違いないと悟った」

「………」

「もう一度、進言書をたてまつってみてはどうかな」

「しかし……」

白石は戸惑った。

「今日のお上のご様子では、なかなかお取り上げにはなりますまい」

すると間部は、急にうす暗い部屋をじろりと見回した。日ごろの印象とは異なる、鋭く油断のない目つきをした。間部はその目を白石にもどすと、もそっと前にすすまれよと言った。白石が膝をすすめると、間部はさらに手で招いて、いま少しと言った。

白石がもう一度前に出たので、白石と間部の膝は触れ合わんばかりになった。

「お上が、また倒れられた」

と間部が言った。その声は低かった。白石も思わず声をひそめた。

「いつでしょうか」

「三日前だ。書見をなされているうちに、突然に昏倒された」

それでは出仕してオランダ人との会談の仔細を申し上げた翌日のことだ、と白石は思った。重くるしい動悸が胸を打ち鳴らすのを感じた。不安をおさえて白石はたずねた。

「御医師どのは、いかがな見立てでしょうか」

「ご病気のもとがわからぬと申しておる」

「さりとは心もとない」

と白石は言った。百助のことが胸をかすめた。

「するとお手当ての方は」

「それはいろいろとやっておる。お薬もすすめ、お食事もかれこれと医師から指示されたものを取られるようにしておるが、さて……」

間部は後の言葉を飲みこんだ。そしてふたたび白石をじっと見た。

「そこもとが申されるとおり、荻原は社稷を喰い荒す害虫だ。このままには捨ておけぬ」

「………」

「となれば、のぞくのはいまのうち。お上が病床につかれてからでは間に合わぬ」

「仰せのとおりです」

「弾劾書をいま一度提出されよ。拒まれたら、さらにもう一度さし上げればよい。仲介はこの間部がやる」

二人はいよいようす暗くなって来た黒書院の中で、お互いの意志をたしかめ合うように、身じろぎもせず顔を見合った。遠くにかすかな人のざわめきがつづいていた。

三十八

間部詮房の言葉で、いったん消えかけた胸の火を搔き立てられた白石は、間部の手蔓で新たに財政関係の書類を借り出したりして、稿を改めた荻原弾劾の文章を綴りはじめた。間部の言葉は、はからずも同じ考えの人間が、ほかにもいることを明らかにした。そのことが白石を勇気づけていた。

しかしその稿がまとまらないうちに、四月に入って白石ははげしい瀉の病いに襲われた。腹くだしの持病は、このところしばらく小康状態を保っていて、そのために朝鮮通信使迎接の大役もつつがなく切り抜けることが出来たのだったが、四月に入って起きた瀉は、それまでの小康状態の分を取り返すかのように、はげしく執拗なものだった。

白石は登城はおろか、机の前に坐ることも出来ないような有様で、ついに書斎に床を敷かせて横臥し、書斎と厠を往復する日を送った。瀉の難儀なところは、物を喰わねば痩せ衰え、喰えばたちまちに便意が動いて水のようなものがくだることだった。その上瀉にしては疲れが尋常でないので医者に見せると、脾臓の病気を併発していると言われた。しかし御城には瀉のために出仕出来かねる旨を届けた。

だが医者にもらった薬も、脾臓の病いを直すために背に据える灸もすぐには利かず、病臥の日が長くなると、城からはいつになったら出仕出来るかと、たびたび問い合わせが来た。そしていよいよ長びくと見当がつくと、御小姓の村上正直が屋敷をたずねて来て、家宣の用と見舞いの言葉を伝えた。

そのために、白石はわずかに腹に力がたまるのを見はからって、這うようにし机にむかうことがあったが、それが終るとぐったりと疲れて、そのあとは物言うのも気だるく横になるしかなかった。そうして力なく天井を眺めているとき、白石はふと、今度の尋常でないはげしい瀉の原因に思いあたった気がすることがあった。

——あれかも知れぬて。

乾いてひび割れて来た唇を嘗めながら、白石はふと思う。思いあたるのは、荻原重秀の弾劾に心身の力を使いはたしたかも知れないということだった。もうひとつ突きつめれば、それだけの努力が報われなかった失望感が、身体の調子を崩す引金になったかも知れないとも思うのだった。

はげしかった瀉がようやく間遠になり、喰い物が少しずつ腹に落ちつくようになったのは、四月も下旬になってからである。医者の見立てによれば、脾臓の疲れもやや持ち直したということだった。その間に、病臥している白石の上を初夏の日々が通りすぎて行った。ある日は一日中しめやかに雨が降り、ある日はせっかくの若葉をひきちぎらんばかりに、強風が吹き荒れた。そしてまた、曇り日の沈んだ光の中に木々の若葉がはげしく匂い、濃密なその香が部屋の中まで漂いながれて来る日もあった。

そして今日は晴天だった。半分ほどあけさせてある障子の間から、庭の若葉が見える。その木々の葉は、わずかな風が吹くたびに、葉の上にとまっている光を鋭くふりこぼし、そのとき散乱する光の粒が、たびたび白石の瞼にとどく。まぶしくくすぐったかった。

近くの屋敷の森に、いつも来る郭公鳥がまた来ているらしく、さっきから明るくてそのくせ物がなしげにもひびくその声が聞こえるのにも、白石はじっと耳を傾ける。部屋からは見えないが、空はおそらくほんのわずかな雲がうかぶぐらいで、気持よく晴れ上がっているのだろうと思われた。

そういう光や鳥の声につつまれて、病気から直りかけの身体を横たえていると、白石はふと季節の恩寵（おんちょう）にめぐまれているという気がする。やや大げさなその種の物の感じ方は、回復期の病人に特有の心の弾みというものかも知れなかったが、しかしそういう気持の弾みの中で、はげしい瀉と脾臓の疲れに見舞われて一度は萎（な）えたかにみえた荻原弾劾の気概も、少しずつもどって来ていた。白石は床の中で、再度提出すべき弾劾書の文言を案じたりした。

さきにも記したように、白石が寝ている間によんどころない城中の用が出来たときは、村上正直、間部詮衡（まなべあきひら）といった君側の人々が、白石の屋敷をたずねて来て家宣の用を伝えた。白石は彼らを出来るだけ待たせて、家人がもてなしている間に御用を済ませるようにしたが、村上や間部が来るのは家宣の見舞いも兼ねているので、用が片づいたあとで歓談することがあった。

そう言っても、白石の病状がよくないときは、むろん村上も間部も早々に引き上げるのだが、四月下旬に入ってから村上正直が来たときは、白石は回復が著しく、用が終って村上と話している間も、さほどに疲れを感じなかった。

「お顔の色も、だいぶもとにもどられたようだ。お上にもそう申し上げましょう」

と村上が言った。辞儀をしてから、今度は白石が聞いた。

「お上のご機嫌は、ちかごろいかがでしょうか」

村上正直はまだ三十二の若年ながら、兄の正邦とならんで中奥御小姓を勤める寵臣で、禄高も白石より上だった。はやく叙爵して兄は因幡守、弟は市正と名乗っている。

白石は丁重に物を言った。

「それが、すこぶるお元気というか」

村上は白石を見て、端麗な顔にちらと苦笑をうかべた。

「近ごろはまた、しきりに御能の遊びにおはげみでござる」

「ご自身で舞われる」

「いかにも」

と、村上はうなずいた。

四月一日に行なわれた御能では、家宣は難波、野宮を舞った。そのときは間部詮房も御相伴して石橋を舞った。これが皮切りで、家宣は四日の奥能でも松風、項羽を舞い、十三日の奥能では柏崎、殺生石を舞って、終始機嫌がよかったと村上は言った。

また十八日には、父の近衛基凞が京都にもどったのを機会に、御台所が家宣に感謝する意味の饗宴がひらかれ、そのときも御能があって、家宣は自身羽衣を舞った。

「なるほど」

白石はうなずいた。村上正直は、桜田の甲府藩屋敷のころから家宣の小姓を勤めて来た人間で、白石が能楽嫌いなのも、また上書して家宣が能楽に淫するのを諌めたことも知っている。

さっきのにが笑いは、そういうことを思い出しながらの笑いだったろうと白石は理解したが、家宣が能に熱中しているという話は、少しも不快ではなかった。それどころか、胸がかねての閊えがとれてひろびろとひらけるような気さえした。

――お丈夫になられたのだ。

と白石は思った。身体に患いがあれば、いくら好きとはいえ、そんなに頻繁に身体を使う御能が出来るわけがない。それに、間部どのが一緒に舞っているのなら、気遣うことは何もないとも思った。

お丈夫がなによりでござります、と白石が言うと、村上は一瞬怪訝そうな顔をしたが、すぐに形を改めて言った。

「筑後守どのは、いつごろからご出仕がかないましょうか」

「二十六日には登城も可なるべしと思われます。お下問の折には、なにとぞそのようにお伝えを」

と白石は言った。

村上正直に言ったように、白石は四月二十六日に、ほぼひと月ぶりに登城した。昼すぎの遅い時刻に登城し、往路はひどく疲れて城にたどりついても身体が心もとなく揺れ動くような気がしたが、詰め部屋に落ちついてからは次第に身体が馴れて来て、山積している書類を見ながら下城の時刻まで勤めることが出来た。

その夜、白石はひさしぶりに夢に詩句がうかぶのを見た。しかし目ざめたときなお記憶に残っていたのは、「我今自得閑中楽」という一句だけだった。多分病気で長く出仕がかなわなかったことにかかわり合いがあるのだろうと、白石は思った。

五月に入って白石は通常の出仕にもどり、八日には厳有院殿（家綱）の忌日に、上野の寛永寺に詣でる家宣に、諸臣とともにつき従ったが、十二日の朝になって、ふたたび瀉がぶり返した。

前日の十一日に、支配の若年寄である鳥居忠英から、明日は四ツ（午前十時）に出仕するようにという差紙が来て、お請けの返事を出した直後だったので、白石はいそいで病気の届けを提出した。

この前のことがあるので、白石は大事をとって臥床した。鳥居の用が何なのかも気になったが、じっと寝ているしかなかった。季節は梅雨に入るところと見え、暗い空から霧のような雨が落ちつづけているのを、白石は厠の行き帰りにたしかめた。横になると、軒にたまった雨が地面にしたたり落ちる音が聞こえた。

季節の恩寵はどこかに行ってしまったらしく、空気は湿っぽく、家に入って来る光は暗く、身体（からだ）は大儀だった。床の中にじっと息をひそめていると、考えることも自然暗くひっこみ思案になった。脾臓の病いは直りづらいと聞いたことが思い出され、今度もまたそっちの病いもぶり返したのではないかと思ったりした。

しかし考えることが消極的になることも、一概にわるいとは言えず、仰臥して荻原弾劾（だんがい）のことを考えているうちに、白石はふと勘定吟味役の復活ということを思いついたのであった。勘定吟味役は、綱吉の時代に天領を預る小役人の不正が甚だしいと聞いて設けた年貢、あるいは代官所所管の費用の監視役で、かなりの成果をあげたことを白石は知っていた。

勘定吟味役は、綱吉時代の役目を受けついで、当面は天領の年貢、代官の仕事ぶりを監視し、また年貢米の運送事業、河川、堤防の修理といった土木工事の費用の収支などを見張ることになるだろうが、役を設けておけば、やがては直接に勘定所の目付役を勤めさせることも可能になるだろうと、白石は考えたのであった。

　間部の督励にもかかわらず、荻原重秀の弾劾は日の目を見ずに終ることも考えられる、と二度目の瀉に襲われた白石は、やや弱気な見通しに陥っていた。その場合は、せめて勘定吟味役の設置を具申して、側面から荻原を掣肘（せいちゅう）するしかないという構想がうかんで来たのである。

　荻原の弾劾書と一緒に、勘定吟味役設置方を具申する書類も作成しておく必要があった。その考えは、うす暗い部屋に病臥している白石をいくらか元気づけるものだった。

　しかし案じることはなく、今度の瀉の病いは数日でおさまる気配が見えて来たので、白石は十八日に若年寄の鳥居忠英に出仕が可能である旨を伝えた。折り返し鳥居から使いが来て、明日四ツ（十時）に出仕するようにという差紙を置いて行った。

　翌日登城した白石は、鳥居忠英、久世重之らが列座する席に呼ばれて、新たに一ツ橋外神田小川町に替え屋敷を賜わる旨の申し渡しを受けた。これまでの屋敷が手狭になったからという理由がつけられていたとおり、いまの飯田町の屋敷の三百五十五坪にくらべ、倍以上も広い八百坪の屋敷を拝領するのだった。

ただしその屋敷は御春屋隣りの武井善八郎の屋敷跡で、実際の地面は六百三十三坪しかなく、不足分は隣りの御春屋が移転する来年の閏五月にあたえるということだった。

その日はほかに、家宣から帷子と単物が下賜され、白石は下城する前に関係老職たちにお礼に回った。

白石は五月二十一日に替え屋敷を受け取り、翌日は人夫を雇って小川町の屋敷に移った。また住んでいた飯田町の屋敷は、二十九日までに破損した畳表をすべて修理して、係り役人に引きわたした。

広く大きな屋敷をあたえられるのは、むろん日ごろの仕事ぶりを認められたからである。そのことがうれしくないことはなかったが、白石は飯田町の家にも、別れるにあたって多少の感慨があった。その屋敷は、綱吉がまだ在世で、富士が大噴火した年に入居した家であり、その屋敷に移ってから間もなく、白石の儒者としての静かな暮らしは一変し、以来一瞬の隙もゆるされない政治の世界に身を置いて来たからである。

それからひと月ほどたった六月十九日に、白石は間部に呼ばれて、さらに百両の金をもらった。家宣から下賜されたものだった。

「武井の旧屋敷は傷んでいるところがあるらしい。これで修繕せよという仰せだ」

「ありがたいことでございます」

と言って、白石はわたされた金を押し頂いた。一千石をもらっていても、家計から百両の修繕費をひねり出すのは容易ではない。また、実際に破損しているところを繕っても、百両などという金はかからないが、それも見越した上で家宣がお手もと金をくれたのだということはわかっている。

「それだけあれば、きれいに住まうことが出来よう」

「むろんのことでございます」

「そこもとには、お上は別して気をつかわれるようだ」

間部は言ってから、不意ににやりと笑った。

「まさか、この間踊り子を城中から追放せよと談じこんだことなども、利いておるのではなかろうな」

「まさか」

と白石も言った。

城中に舞妓（まいこ）のたぐいが大勢召しつかわれていて、大奥の女性たちの慰みに踊りをごらんにいれているといううわさがあった。事実であるなら城中の風儀を乱るものだと、白石は間部を通じて家宣に苦言を呈した。大奥の女性たちの中にはむろん、家宣夫人熈子（ひろこ）も側室も含まれている。

間部のえらいところは、そういう苦言を歯に衣着（きぬき）せず、率直に家宣に伝えることだった。すぐに家宣から、舞妓はことごとく追放するよう、指示したという回答があった。

「ま、ああいうことは、大奥でのそこもとの評判を落とすことになるかも知れんが……」

「…………」

白石は眉（まゆ）も動かさずに、間部を見た。間部は一瞬、言わでものことを言ったかという顔をして、話題を転じた。おかしなことがある、と言った。

「お上のことだ」

「お上が、どうかなされましたか」

「ばったりと御能をやめられた」

「それは、いつからのことでしょうか」

「されば……」

間部は声をひそめた。

「今月の七日かな。奥で御能をなされ、天鼓を舞われたとうかがった。いや、そのときはわしは見ておらぬ。それっきりのようだ」

その前が大変だった、と間部は言った。

五月十二日に、家宣は奥能を催し、自身八島、三輪を舞った。十五日には、やはり奥能で井筒、黒塚を舞った。十八日は公弁法親王を迎えて饗宴があり、そこでも御能が催されたが、家宣は龍田、小鍛冶を舞い、すこぶる機嫌がよかった。

さらに二十二日には頼政、百万を舞い、二十七日の御能では誓願寺、是界を舞った。六月に入っても家宣の能狂いはつづき、二日には邯鄲、翌日は忠度を舞い、そして七日に奥能を催して天鼓を舞った。

「いや、それはかまわんのだが、それでぴたりとやめられたのが気になる」

「お身体のぐあいはいかがでしょうか」

「おわるいとは思えぬ」

と間部は言った。

「おぐあいがわるくては、ああいうふうに舞われることは無理だ。わしも注意して拝見しておったが、以前のように昏倒されるなどということもなく、むしろお丈夫になられたように拝見した」

「…………」

「お顔の色なども、すこぶるよろしい」

「また御能をすすめられてはいかがですか」

白石が言うと、間部はむつかしい顔で白石を見た。

「むろんおすすめしたが、このたびは興味なげに首を振られた」

「興味なげに……」

白石は間部から目をそらして、ぼんやりと光が射している障子を見た。胸の中に不安がつのるのを感じていた。だが、不安の正体はすぐにはわからなかった。

「ま、そのうちまたおはじめになるのかも知れん。そうなれば取越し苦労ということになるが、少々気になったので話してみたのだ」

いや、口に出したら何事でもないという気もして参ったぞと間部は言い、急にあかるい顔になってその後例の弾劾書はどうなっておるかと聞いた。

「間もなく書き上がります」

と白石は言った。

「お上は、荻原どのが徳はないが才があるように仰せられました。しかしそれはお間違いで、かの御仁は才徳二つともに欠ける人物であると、おそれながら反論いたすつもりです」

「そのとおりだな。お上は荻原のことになると不思議にお考えが甘くなられるところがある」

間部は首をかしげて言い、白石がついでに勘定吟味役の設置と評定所制度の改定も、ともに申し上げるつもりだと言うと、それにも賛意を表した。

評定所の制度改定は、綱紀の粛正を謳ったものだが、間接的には荻原重秀の専横に釘を刺す狙いを持つものだった。評定所は事件の規模、内容によっては老中、大目付以下の重職も出席する定めになっているが、基本的には寺社奉行、町奉行、勘定奉行の三者が裁判を担当する合議制の裁判所である。

ところが実際には勘定奉行の荻原と寺社奉行の本多忠晴の二人がほとんどの公事を取りしきり、ことに荻原の権力は絶大で、荻原の言うことには、在府のときに列席する定めになっている京都所司代、大坂城代、遠国奉行など、いわゆる立合いの評定衆などは、一言の意見も差しはさめない有様だという。

しかし荻原重秀の基本的な考え方は、「私領の者はみな罪がある」という粗雑なものだったので、天領の者と私領の者の間の公事が多い評定所の裁判は、公正に機能していないというべきだった。

たとえば紀伊・船津の商い船が、風に流されて遠江の篠原ノ浦に漂着したことがある。このとき天領の農民が、船をこわし積荷をかすめとったというので裁判になった。ところが荻原は、天領の民に過ちはないと主張して、船の船頭の方を処罰しようとした。また、陸奥二本松藩の近くの天領の者が、丹羽家の家臣を侮蔑して傷つけられたという事件があった。非が天領の人間にあることは、誰の目にもあきらかだったのに、荻原は天領の者を傷つけたのは有罪だとして、丹羽家の家臣を処罰しようとした。

家宣のように聡明な人間が、荻原重秀を徳はないが才はあるなどと言うのは、どういう了簡なのかと白石が訝るのは、評定所の制度改定を進言するために、荻原が関係したこういう吟味書類を見ているときである。

「評定所改定の進言書は、多少提出が遅れますが、弾劾書と勘定吟味役の一件書類は、近く差し出しますので、お取次ぎを願います」

と白石は間部に言った。

間部に言った二つの書類は、六月中に家宣の手もとにとどけられたが、荻原弾劾書は却下され、勘定吟味役の設置は取り上げられた。七月一日にはその職制が公表され、勘定組頭杉岡能連、荻原美雅が新たに吟味役とされ、それぞれに加増を受けて役についた。

暑い夏が来た。白石はさいわいに瀉の病いも出なかったので、城と小川町の屋敷を往復し、出仕のない日は汗をふきふき、評定所の制度改定草案をまとめるのに熱中した。構想は素案のときよりもひろがって、評定所だけでなく三奉行所の綱紀をただす内容となった。

改定案は、九月の五日に法として公表された。これで評定所の制度改革は、六月に公表された評定所式日改定と評定所制と合わせて実現したことになったが、この訓令に対して荻原重秀が、私の考えとはいささか違う、私が意見を申し上げたあとでなら、お上の仰せに従いましょうと放言したということが聞こえて来た。

白石はそのことも耳に入れながら、三回目の荻原弾劾書を書き上げた。十ヵ条にわたって荻原を断罪した激越な文書である。提出したのは九月十日だった。そして翌日の朝、白石は間部詮房から荻原重秀が罷免されたことを聞いた。

「おどろかれたろう」

白石を自分の詰め部屋に呼び出した間部が言った。頰のふっくらとした顔に、おだやかな微笑がうかんでいる。

白石はうやうやしく一礼した。たったいま間部の口から聞いた荻原罷免という言葉が、まだ頭の中で鳴りざわめいていた。心ノ臓が高鳴り、顔が熱くなるのを防げなかった。

「ご英断に、感銘つかまつるばかりです。よくぞ、決断なされました」

「これには裏話がある」

と間部が言った。しかし密談という雰囲気ではなく、間部はゆったりと微笑したまま話している。

「去月のことだ。月のはじめごろに、銀貨が改鋳されたといううわさを聞かなかったか」

「耳にいたしました」

と白石は言った。

「しかし現場を見たわけではなく、事実ならまことに奇怪なことと思っておりました」

「それが事実だった」

「………」

「いやいや、お上がやらせたわけではない」

間部は言って、そこが裏話だとつけ加えた。

その少し前の七月末に、家宣が荻原を呼びつけて、銀貨改鋳のことで詰問したことがあった。それは二年前の宝永七年の夏ごろに、市中に新鋳の銀貨が出回っているというわさが立ち、荻原に事実をただしたところ、そのような事実はありませんと否定し、荻原は家宣にその旨を証文にして提出した。

ところがうわさは静まらず、老中にも間部詮房にも、ひそかにそれが事実である旨を通報する者が相ついだ。そこで再度荻原を呼び出して、改鋳の有無についてきびしく詰問したのである。

ところが、これに対する荻原の今度の回答がおどろくべきものだった。荻原はその回答を書類にしてたてまつったのだが、それにはうわさの銀貨改鋳はまことであると書いてあった。

そして秘密裡（ひみつり）にやらせたのはむろん自分の罪だが、しかし家宣が将軍家を継いだときには、国の財政は尽きはてていた、改鋳停止ということではあったが、府庫を満たすためにはほかに手段はなかったと、荻原は例によって脅しの理屈を持ち出し、最後には改鋳のおかげでその後は万事とどこおりなく今日に至っていると、居直りの自賛の言葉まで書きつらねていたのである。

その書類が示す荻原は、思い上がった狂人か、もしくは欲に目がくらんだ患者だった。将軍、老中の権威を無視し、金座、銀座を私物化して、自分と取巻きの利益を得るために、天下の通貨をいじることに狂奔しているとしかみえなかった。

書類を読んだ家宣の驚愕と心痛は、ひとかたならないものだった。荻原の独断専行癖を知らないわけではなかったが、ここまで上の者を無視して事をはこぶ男とは思わなかったのである。

いずれにしろ、荻原がしたことについては、何らかの処分が必要だった。どう処置すべきかと家宣が思い悩んでいるうちに、さらに耳を疑うようなことが聞こえて来た。八月二日に、荻原がまたも独断で銀貨を改鋳させたというのである。しかも今度は、荻原は将軍の内々の仰せ（おお）を受けたものであると称し、半ば公然と改鋳の命令を出したということも聞こえた。

むろん家宣は、改鋳の指示など出してはいない。しかし荻原は、将軍の詰問を受け、自分がそれに対して答弁書を提出した事実を好餌（こうじ）として、そこであたかも将軍と勘定奉行の間に暗黙の諒解（りょうかい）が成立したかのようなつごうのよい解釈をひねり出したのであった。彼は周囲の者に、将軍家に申し上げるべきことはすべて申し上げた、いまはもう遠慮することはないと言ったということが伝わって来た。

「いずれにしろ……」

と間部は言った。

「おそかれ早かれ、お上は荻原の処分を考えねばならなかった。そこに、そこもとの三度目の弾劾書が上がって来たので、にわかに裁断を下されたという事情だ」

荻原重秀が支離滅裂な形に粗悪化してしまった通貨に、もとの品位と通貨としての威厳を取りもどすことが出来るだろうかと、その日城を下がりながら白石は考えた。一段落した安堵感が、ゆるやかに胸にひろがっていた。思えば三年前に、将軍職を継いだ家宣から幕府財政について諮問を受けたのが、白石が貨幣改鋳問題にかかわり合ったはじまりだった。それ以来の荻原との腐れ縁である。

短くはない、気骨の折れる争闘に、ついにケリがついたのである。胸の中の安堵感は、嚙みしめればすぐにも勝利の喜びに変りそうだった。しかし白石がそうすることを、押しとどめるものがあった。

——先を……。

いそがねばならぬ、と白石は思った。白石は空を仰いだ。季節は九月の半ばを迎えようとしていたが、空にはまだ熱気が漲っていて、うかぶ雲は春霞のような白濁した光に包まれていた。

この物にせかされるような気分はどこから来るのかと、白石はたしかめるように町のたたずまいに眼をやった。

三十九

九月十四日は清揚院殿（甲府綱重）の忌日だったが、家宣は風邪気味で、増上寺の霊廟には老中阿部正喬を代参に立てた。しかし翌日の神田明神の祭には、馬場曲輪に新たに建てた御覧所に足をはこび、そこから祭りの練りものを見た。

ところが家宣の風邪は、その後もよくならず、十七日の紅葉山の東照宮の参拝は、老臣秋元喬知が代参した。そして二十三日になると、家宣の病気は悪化して床に就いたということが、白石の耳にも聞こえて来た。

そうしているうちに二十五日に登城するように、という命令があり、白石が出仕すると思いがけなく家宣から二十一史の下賜があった。二十一史は、中国の古代から元代までの各王朝の歴史書の総称で、中身は「史記」、「前漢書」、「後漢書」、「三国志」、「晋書」、「宋書」、「南斉書」、「梁書」、「陳書」、「後魏書」、「北斉書」、「北周書」、「隋書」、「南史」、「北史」、「新唐書」、「新五代史」、「宋史」、「遼史」、「金史」、「元史」の二十一部である。

取りついだのは、御小姓の村上正直で、正直は、白石がしばらく無言で史書を重ね直しているのを眺めながら言った。

「お書物は、人に命じてお屋敷までとどけさせることといたそう」

「かたじけないことでございます」

白石は丁重に礼を言った。下賜された史書の多くは、一度は目を通し、また一部は所蔵もしているが、中には未見の史書もまじっていた。むろん、このように全巻をそろえて目にするのははじめてだった。

白石の中にある学者の血が、しばらく喜びで熱くなった。家宣の配慮がうれしかった。学問につとめよ、と励まされたような気もした。くれぐれもお礼を言上してくれるように頼んでから、白石はようやくわれに返った。

「ところで……」

白石は正面から正直を見た。

「お上のその後のご容態はいかがでございますか」

「お変りなく養生されておる」

「もそっと、真実のところをお聞かせねがいたい」

白石が射抜くような目をむけて言うと、温厚な村上正直はかすかに顔を赤らめた。

「真実とは？」

「いささか、御病いが長引いてはおられませぬか」

「他言は憚りがござる」

しかし、白石がなおも無言のまま凝視していると、正直は当惑したように、筑後守どのではやむを得ぬかとつぶやいた。

「申したとおり、他言は慎まれよ」

「もとより」

「お薬が、いまだ効き目をもたらさぬ」

言ったとたんに、村上正直の色白の顔は、さっと青味を帯びた。

「なんと……」

白石は低くつぶやいた。正直の顔色には、家宣の病気に対する強い懸念があらわれていた。やはり、ただの風邪ではなかったのかと、白石は胸がつめたくなるような気がした。一昨日、老中たちの謁見がかなわなかったのも、そのためだろう。

「しかし、おいおいと……」

白石は気を取り直すと、つとめて明るい声で言った。

「このあとは涼しくなり申そう。お上のご養生にはよろしかろうと存じます」

「いかにも。そうなればお薬も効いて参ろう」

「お医師どのはどなたでございますか」

寄合医の吉田宗恬、渋江直治、数原宗達の三人だと、正直は言った。白石に力づけられたせいか、正直はやや生気がもどった顔色になっていた。

翌日になって、ふたたび出仕の命令書がとどき、白石は二十七日にも登城した。そしてその日は、中ノ口に行くと奥坊主が待ちかまえていて、白石をただちに中奥までみちびいた。緊急の御用があることはあきらかだった。折も折である。白石は緊張で胸が固くなるのを感じた。

白石が案内されたのは、間部の詰め部屋だった。しかしそこは無人で、奥坊主が去ったあと、白石は長い刻を待たされた。

その日は朝から霧のような雨が降って、まだいっこうにやむ気配がなかった。城を包んで降りつづく雨のせいだろう、時刻はまだ八ツ半（午後三時）前後と思われるのに、部屋の中は日暮れのようにうす暗かった。

ただ一人でうす暗い部屋の中に坐っていると、登城の道すがら、雨で湿りを帯びた衣服がことさらつめたく感じられ、白石は身も心も冷えるような気がした。そして考えることは、どうしてもわるい方に傾いて行った。尋常の御用ではあるまい、と思った。

奥坊主もその後は姿を見せず、間部も現われないまま、またしばらく刻が過ぎた。部屋の中も、暗さを増した。

そして突然に、そのうす暗い部屋の入口に人が現われて、やあ、待たせたと言った。間部詮房（まなべあきふさ）だった。間部の声は、白石の暗い危惧（きぐ）を吹きとばすほど、いつもと変りなく明朗だった。

「あちらへ参ろう」

間部は、白石を部屋から呼び出した。そして先に立って御能舞台がある廊下の方に歩いて行った。

いま雲が切れたのか、それともさっきからそうだったのか、御能舞台が見える廊下に出ると、日のいろを帯びたうすい光が、二人に射しかけて来た。霧のような雨は、まだ切れ目なく降りつづいていたが、空のどこかに日が顔を出したようである。その日は見えなかった。

「御下問がある」

白石を振りむいた間部が言った。明るい声音とは裏腹に、間部の顔は青白く、目の下に隈（くま）が出ていた。頰の肉は落ちていないが、顔いろがわるいために、全体にむくんだような顔になっている。

——疲れておられる。

と白石は胸を一撃されたように感じながら思った。そして同じく家宣の病いを案じているといっても、間部ほどには疲れも悩みもしていない自分をうしろめたく感じた。

御下問があると言っただけで、間部はその中身までは言わなかった。二人が歩いて行く間に、御小姓や奥坊主が、会釈(えしゃく)してはいそがしげにすれ違って行った。

「さて……」

将軍が、ふだん居間にも使い、寝所にも使っている御休息ノ間に白石をみちびくと、間部は白石を坐らせて、そのそばに腰を落とした。

「これからお上より、いろいろと御下問があるが、御下問の中身は秘事である。他言はまかりならぬ」

「心得ました」

と白石は言った。また、緊張感がひしと胸をしめつけて来た。

下段ノ間に入ってすぐの、うす暗い襖(ふすま)ぎわに坐っていると、はるか遠くに感じられる奥の上段ノ間に、灯がともっているのが見えた。灯そのものは屏風(びょうぶ)の陰にかくれているが、光はそのうしろからのび上がるように天井を照らしている。その下に家宣が病臥しているのだとわかった。

突然に、遠い光の中に間部の黒い背がぬっと立ち上がり、つぎの瞬間には屏風の陰に隠れた。そしてその間部と入れ替るように、三つの人影が屏風から出て、白石が坐っている方に歩いて来た。

そばに来たのを見ると、医師二人、まだ少年姿の御小姓一人だった。三人は、白石の前で膝（ひざ）を折って丁寧に会釈すると、足音も残さず部屋を出て行った。

——人払いをしたのだ。

と白石は思った。間部が言った秘事という言葉が、胸の中で谺（こだま）のようにひびき合ったのを白石は感じた。

間部がもどって来た。お言葉である、と言った。

「すべて始めのあるもので終りのないものはない。ゆえに無事な時にも、死後のことというものは考えておくべきである。まして病気の身となればなおさらのことである。それを、縁起でもないこととして女子供のように忌（い）み嫌っては、臨終のときに過ちを犯すことになろう」

間部は淀（よど）みなく言った。

病状がおさまっているときに、死後の処置ということを考えてみたが、窮極のところ、問題は二つしかない。そのどちらを取るべきか、白石の判断を聞きたいので呼んだのだ、と家宣は言っていた。

「天下のことは、私事に考えてはならない。わが跡取りとすべき子がいないわけではないが、まだ四歳、あまりに幼いというべきである。古来、幼主のときに天下騒動した例が少なくない。また、こういう場合にそなえて、家康公は御三家を立てておかれた」

そこで、と家宣の言葉を伝える間部が言った。わが死後は尾張殿（尾張吉通）に将軍職を譲り、幸いに幼い者が成人したあかつきに、そのときのことは後継の人の心にゆだねるべきだという考えもあろう。

いまひとつ、わが跡取りと呼べる者が、幼いとはいえ、一人いることはいる。無視は出来ぬ。これに将軍職を譲り、成人するまでの間は尾張殿に西ノ丸入りを要請し、天下の政治をみてもらう。むろんわが後継者に不幸があった場合は、ただちに尾張殿が神祖以来の大統を継ぐ。そういう道もある。どちらを取るべきか。

次第に暗さを増す部屋の中で、白石は深々と考えに沈んだ。下問されていることは天下の大事だった。その重さが肩に喰いこんで来た。そして、むろんその重みを承知しているからだろう、間部詮房もお言葉を伝え終ったあとは一言も発せずに、白石の答を待っていた。

「申し上げます」

と白石は言った。

「由来、わが子のしあわせをねがわない者がどこにおりましょうか。それを申されるごとくにお考えになられたことは、まさに私情を滅した、尊ぶべきご配慮と申すものでござりましょう。しかしながら、仰せになられたことは二つながら、ともに国のため世のためになるとは思われません」

白石はきっぱりと言い切った。そして家康在世中は秀忠の兄弟結城秀康の存在が、天下の人心を不安定にし、秀忠在世のときは、家光の弟駿河大納言の存在が、天下人心を惑わせる原因となったことを例に挙げた。

「兄弟骨肉の間柄においても、かくのごときことが起こります。そして仰せのようなことが行なわれれば、天下の人心は二分して党派を生じ、最後に天下の乱れを招くことは火をみるよりもあきらかでしょう。鍋松さまご幼少のことを危惧されておられますが、家康公は八歳で家を継がれました。御三家をはじめとする一門の方々、譜代の家来がこぞってお助けすれば、若君が世を継がれるのに何の不安もござりますまい」

じっと耳を傾けていた間部詮房は、白石が話し終えると無言のまますっくと立ち上がった。相互の言葉を誤りなく伝える、忠実な伝達者に徹するつもりと見えた。この感動的なほどの無私が、間部詮房という人物の財産のひとつだった。

むかし間部が、それがしには学問がないと言ったことを、白石は思い出していた。家宣が西ノ丸入りする前のことである。学問はないが、周旋の才と家宣の信用はある、一緒に組まぬかとそのとき間部は持ちかけて来たのだった。白石は、その正直な物言いに驚嘆した記憶がある。

五万石の城持ちになっても、間部のその姿勢は変っていないと白石は思った。儒者新井白石の思考にこの場をまかせて自分はひとことも口をはさむまいとしている、と白石が思ったとき、足音もなく間部がもどって来た。

「重ねてのおたずねである。よろしいか」

「はい」

「筑後守の考えるところはよくわかったが、自分はすでに姫を一人、男子を四人も、幼子のまま喪っている。幼い者は、世間で言う『水の上の泡』である。ゆえに、たとえば鍋松に跡を譲るとしても、自分が死んだあと間もなく彼も死ぬようなことがあれば、やはり遠い慮りがなかったという非難を免れまい。そのときはいかにすべきか」

「おそれながら、それはお上の思い煩われることではございません」

　白石は即座に答えた。

「さきほども申し上げましたごとく、家康公が御三家を立てておかれたのは、まさに申されるような緊急の場合にそなえられたものでございます」

　間部が無言で立ち、今度ははやくもどって来た。御休息ノ間は、灯のある病床のあたり一帯が明るいだけで、ほかは闇に沈もうとしていた。もどって来る間部の姿も、影としか見えなかった。

　坐るとすぐに間部は、よき答弁を聞いてお上は非常にお喜びである、と言った。それから少し声を高めて、家宣の言葉を伝えた。

「このたびは、死んだあとのことをじつにいろいろと考えた。しかしねがわくは病気から立ち直って、きょうのことも『考えずともいいことを考えたものだ』と、笑いぐさにしたいものだと仰せられておる」

「まことに仰せのごとく……」

　白石は答えようとした。しかしこのとき、こみ上げて来た熱い塊のようなものに喉をふさがれ、あっという間に頰を滂沱とした涙が伝い落ちて、白石は声が出せなくなった。

　こみ上げて来たのは、お上はもはや死を覚悟しておられるという思いだった。答え終ってはじめて、白石は今日の問答がことごとく、家宣の死を前提にしたものだったことに気づいている。白石は袴の膝をつかんで、涙を流しつづけた。あふれ出る涙をあふれるままにした。

数日前の夜に見た夢が、白石の脳裏にうかんでいる。それは白龍が空を翔けて、天涯にそびえる雲塊に隠れようとしている夢だった。空は青く、雲は金色に光っていた。白龍は天帝の使者だと言われている。あの龍は、お上だったのだろうかと白石は思った。

経書の講義、史書の講義は、家宣が公務でいそがしいときは御座ノ間で行なうこともあったが、多くはいまいる御休息ノ間で行なわれた。白石の講義がはじまると、間部や御小姓も書物を手に耳をかたむけ、厳粛ななかにもどことなくくつろいだ、家庭的とも言える雰囲気があったものである。それも、返らぬ光景となったと、白石ははっきりと悟った。

声もなく泣きつづけている白石を、間部は凝然と見守っている。白石は懐紙を取り出し、ようやく涙を押しぬぐった。そして言った。

「それがしは、年来お上のためにふつつかな心を披瀝し、及ばぬ力を尽して参りましたが、それも今日かぎりとなろうとは思いもよらぬことでした。このことを、よろしく申し上げていただきたく存じます」

「今日かぎりとな？」

間部が押し殺した声で言った。声音におどろきがふくまれている。

「そのように申し上げてかまわぬか」

「なにとぞ、そのままに」

と白石は言った。

間部に見送られて御休息ノ間を出ると、部屋の外も夜色に包まれていた。しかしどこからか見張っていたとみえて、白石が間部と挨拶をかわしていると、灯をささげた奥坊主が物陰から現われて、いそぎ足に近寄って来た。

奥坊主の灯にみちびかれて、御座ノ間の方にもどりながら、白石はいま出て来た場所を振りむいた。間部が襖をしめたらしく、そのあたりは真暗だったが、そこからずっとはなれた東側の廊下の方に、病間の明かりが洩れているのが見えた。

白石の眼に、また涙がにじんで来た。こうもけじめなく泣けて来るのは、老いた証拠かとにがにがしかったが、せき上げて来るかなしみをこらえ切れなかった。白石はまた懐紙を出し、眼をぬぐいはなをかんだ。

前を行く明かり持ちの奥坊主は、うしろの気配に気づいた様子がなく、つつましく足をはこんでいた。

四十

白石が家宣に呼び出されて、継嗣（けいし）について意見をのべたあと、家宣の病状について、さまざまな虚実取りまぜたうわさが聞こえて来た。

その中で信じられそうなのは、医師の数原宗達がにわかに投薬の役目を辞退し、十月に入ると新たに奥山交竹院が召されて奥の医師団に加わり、家宣に薬をすすめていること、日光東照宮で、公弁法親王（こうべんほっしんのう）が再度御不例平癒の祈禱（きとう）を行なったこと、十月七日には、家宣が病床に老中を呼び寄せ目通りを許したことなどだったが、家宣の病気が快方にむかったという知らせはなかった。

十月十一日には、昼の間に将軍家の病いはやや持ち直し、ご気分悪（あ）しからずと伝えられたが、夜になると一転して、ご病気が急変されたと伝わり、群臣が登城するさわぎとなった。

白石もいそいで登城した。登城した者が詰めている部屋にむかって歩いて行くと、途中で青山備前守秘成（やすなり）に会った。

青山はどうやら白石を待ちかまえていたらしく、名前を呼んで近づいて来た。

「奥に行かれるか」

「ご病状によりましては」

「お世継のことが不安だったが、こうして筑州殿が参られたからには心配はなさそうだの」

白石は思わず、燈火にうかぶ青山の顔を見返した。不吉なことを言う、という思いが胸をかすめた。そのせいで、思わずそっけない口調になった。

「そのことなら、もはや先におたずねがあり、決まったことです」

「さようか」

青山の緊張した顔が、ふっとやわらいだ。

「それは重畳（ちょうじょう）」

それだけのことだったが、老中から家宣の病状が落ちついたと聞いて中ノ口に引き返すときになって、白石の胸にふと青山の言ったことがうかび上がって来た。

——さすがにお家柄……。

こういう際に心遣うべき事柄を心得ている、と白石は思った。

青山家は曾祖父（そうそふ）の忠成（ただなり）が、徳川家草創期の重臣で、家康に仕えて加判の列につらなり、江戸町奉行、関東総奉行を兼務した。後に将軍家の御鷹場の管理を怠った廉で、同僚の内藤清成とともに家没落の危機を招いたが、最終的には相模、近江、上総、下総で二万八千石を領した。

秘成の祖父幸成は、忠成の三男で、大坂夏の陣で高名を立て、のち百人組頭、御小姓組、小十人組の番頭を経て、摂津尼ケ崎城主となり、五万石を領した。

秘成自身は幸成の次男幸通の家を継いで、家禄は三千五百石。綱吉に仕えて御小姓組、御書院の番頭を経て西ノ丸勤めに転じ、三年前に本城勤めとなった人物である。青山家の傍系だが、名門と言えた。

まだ登城して来る者がいて、何人かが中ノ口に帰る白石とすれ違ったが、白石とみとめても、あわただしい顔色で黙礼して通るだけで、青山秘成が言ったようなことを問いかける者は一人もいなかった。

そのあと、白石は一日に朝夕の二度登城して、家宣の病状を伺ったが、十四日には登城して詰め部屋にいると、間部の弟詮衡が呼びに来て、奥に召された。

みちびかれたのは病間にあてられている御休息ノ間だった。家宣が病臥して以来、白石ははじめて家宣に会うのである。屏風は取りはらわれていて、仰臥したまま家宣がこちらを見ていた。枕もとには間部がいて、家宣の背の方には村上正直がいた。

白石は平伏して頭を上げて、上段ノ間に横臥している家宣を見た。白石がいる場所から家宣の床まではかなりの距離があったが、それでも家宣の顔色はよく見えた。青白さが目立つものの、思ったよりもやつれてはいなかった。見つめているうちに、白石は家宣と目を合わせたのを感じたが、家宣から特に言葉はなかった。

——これが、今生のおわかれだ。

と白石は思った。しかし継嗣のことでおたずねがあった夜、泣くだけ泣いたためか、涙は出なかった。

病間には初冬の淡く明るい日射しがさしこんでいた。その中に強い薬餌の匂いがただよっているのを、白石は嗅いだ。間部を見ると、間部は軽くうなずいた。白石はふたたび深く頭を垂れ、それから膝を起こした。

部屋の外に出ると、間部詮衡が待っていて、白石を見て一緒に歩き出した。

「今日は、いろいろな方々に会われているのです」

ふだんは無口な詮衡が、自分から話しかけて来た。無言でいるのに堪えられない、というようにも見えた。

「お昼ごろには御台所や左京の局さまなど、大奥の方々を呼ばれました」

左京の局は継嗣に決まった鍋松の生母である。家宣には正夫人である御台所凞子との間に姫が一人、男子が一人生まれたが、いずれも育たなかった。また宝永四年に右近の方が家千代を生み、お須免の方が宝永五年に大五郎、正徳元年に虎吉（とらきち）を生んだが、それぞれ早世している。結局左京の局が生んだ鍋松一人が残ったのである。

「そのあとも……」

　と詮衡はつづけた。

「御三家、御老中を召され、ねんごろに申されることがあったようです。われわれも呼ばれて、最後のお別れを……」

　詮衡は不意に絶句し、廊下の端に寄るとせぐり上げた。そしてあわただしく懐紙を使うのを、白石は先夜間部がそうしたように凝然と見守ったが、いつの間にか自分の目にも涙がにじんでいるのを感じた。

　その日、六代将軍徳川家宣は薨（こう）じた。齢（よわい）五十一だった。

　同じ日、大老井伊直該（なおもり）以下老中が、登城して来た群臣に家宣の死と遺命を伝えた。

「まず、近侍のともがらには、若君ご幼稚といえども、御位を譲らせ給（たま）う上は従来のまま仕えるべしと申し遺（のこ）された」

　井伊が声を張って言った。その前に頭を垂れた群臣が、声もなく坐っている。異例の光景だった。白石も、その幕臣の群の中にいて、井伊の言葉に耳を傾けていた。

「卑賤の者にいたるまで、むかしに変らずつかえまつるべし、また外藩の者たちも、若君御幼稚なれば、ことに心してつこうまつるべしとのご遺言である」

井伊はつぎに御遺書があるので申し聞かせる、と言った。声に応じて林七三郎信充が立ち、家宣の遺書を朗読した。読み聞かせたのは前文と、わが大病日々に重り、今日も凌ぎがたしとはじまる諸役人にあてた遺書だった。信充が読みすすんで、鍋松こと大切に心をつくし、よろしきをすすめて悪しきを諌め、期して四海安からんことをはかるべし、というあたりに来ると、あちこちに鼻をすする音が起こった。

遺書はそのほかに、大老、老中にあてたもの、秋元喬知あての金銀改鋳について指示したものとがあった。

金銀貨を旧にもどすべき改鋳の具体策については、白石が家宣の病中に命を受けて草案をつくっていた。林信充の朗読を聞きながら、白石が考えているのもそのことだった。

——残された遺命の……。

行方を見るまでは、いまの地位にとどまるべきだろうか、と白石は考えながら、江戸城をつつむ巨大な空虚を見つめていた。その空虚は、白石の胸にもひろがっていた。

四十一

十月二十日に、家宣の遺骸を納めた柩は江戸城を出て、前後を警衛する老職、幕臣の長い行列に守られて芝の三縁山増上寺に送られた。次いで十一月二日には荘重な葬儀が営まれ、遺骸は御霊屋に納められた。

そのころ不思議なことを言う者がいた。初冬の澄み切った夜空に、見たこともない大きな星が現われて、夜毎月の回りをめぐるのを見たというのである。少なからぬ人間がそう語っているらしかった。

不思議は家宣の葬儀の日にも現われた。葬儀を終って柩を守る行列が墓域にさしかかったころ、はらはらと音がして空から降る物があった。葬儀は早朝卯ノ刻からはじまって日暮れにおよび、柩を送る行列が寺を出て墓域に入ったときはおよそ酉ノ刻、日はとっぷりと暮れていた。しかし降って来る物は行列につき添うおびただしい燈火にはっきりと見えた。雪か霰かと見える白い物だった。

白い物は地面にも落ちたが、ことに喪屋の上に多く降りつもった。人々が手にとってみると、それは雪ではなくて照りかがやく白い玉だった。衣冠帯剣して行列に加わっていた白石も、喪屋の雪を払おうとしてそれを見た。

星が月をめぐるという話を信じがたいと思った白石も、わが目で見た不思議は信じないわけにはいかなかった。その白い玉は広い範囲で江戸市中にも降って、そのために玉を拾う人々が道々に混雑し、通行もままならない有様だったということも、後で聞こえて来た。

不思議はほかにもあり、そのころ日々空からあざみの花に似た金色の物が降り、器に受けておいたところ、数日経て粉のようにくだけた、などという話も伝わった。

家宣の死から葬儀まで、さまざまの不思議をささやかれながら、日にちはあっという間に過ぎたように白石には思われた。そしてあわただしく気持をせかせる、死者を弔う儀式がすべて終ってしまうと、時どきこれから何をすべきなのか、方途に迷うような気持に襲われることがあった。

家宣の遺言は、幼い将軍を守って「奥のともがら在りしままたるべし」、つまり従来のごとくせよというものだった。そうであれば白石にはこれも家宣が遺言した貨幣改鋳をはじめ、やりかけている仕事があった。ほかにも老中の諮問に答えたり、こちらから新たに意見を提出したりする、政治顧問ともいうべき本来の勤めがあるはずだった。

――しかし……。

状況が変ったと、白石は思わないわけにはいかない。家宣が歿したあとの空虚があまりにも大きかった。家宣の遺骸を城から送り出した十月二十日以後、白石はたびたび増上寺に詣でたが、その空虚は埋まらなかった。その気持をひと口に言えば、自分の時代は終ったのではないかということだったのである。

白石のそういう気分を見抜いたように、家宣の葬儀が終って間もなく、中奥にいる間部が白石を呼んだ。

「足繁く増上寺に詣でているらしいの」

間部は白石を見て微笑した。

「けっこうなことだが、城にも出来る限り登ってもらいたいものだ」

「しかし御進講も不要となったいまは、それがしの勤めと申しましても……」

家宣がいて間部がいて、白石がいる。その一角がぽっかりと空席になっている図を思い描きながら、白石は言った。

「そう多くはございますまい。残る仕事があるやに思いましたものの、それもよくよく考えてみれば、それがしでなくとも誰にでも出来ること」

「貨幣改鋳のことかな」

間部は俊敏に言った。

「それはいかんぞ、筑州。その考えははなはだ姑息だ。貨幣のことはおそれ多くも……」

と言って、間部は律儀に頭を下げた。

「あのことは、亡き将軍家がもっとも心をかけられたところ。さればこそ、あのようにねんごろにお言葉を残されたのだろう。その事業は、ぜひわが手でというほどの気概を持ってもらいたいものだ」

「…………」

「打ち明けたことを申そう。あの荻原をなかなか馘れなんだのは、じつは勝田どの、月光院さまの御兄君が、荻原より多額の賄賂を申し受けている、そちらから将軍家にテコ入れがなされたためもござった。このことは存じてはおるまい」

「いや、うすうすは……」

と白石は言った。月光院は将軍職を継いだ鍋松の生母、左京の局の落飾後の法号である。

「さようか。月光院さまは世評とは異なり、和漢の素養もあり、非常に聡明なお方だが、なにせ大奥の外のことはあまりご存じない。兄君が申されることを口うつしに将軍家に伝えられたのだが、その結果荻原を大目にみることになったのを故将軍は、生前いたく悔いておられた。御遺言は、改鋳はぜひ信用の厚い筑州の手でやらせたいという御遺志に相違あるまい」

「承っておきまする」

と白石は言った。

その顔をじっと見てから、間部はさらに、来月には新将軍の御代初め（ごだいはじ）の儀式が行なわれると言った。

「そのあとに官位の奏請があり、また将軍家の御名を京の上皇さまにおつけ頂くことが決まったものの、その前にこちらでのぞむ御名をさし上げねばならぬ。また来年になると着袴（ちゃっこ）の儀式があり、元服の儀式がある。さらには将軍宣下（せんげ）の儀式がつづく」

いずれも筑州の介添えがなければすすまぬことばかりだと、間部は言った。そういう間部の顔色はつややかで、声にも張りがあり、家宣の葬送につき従ったころの憂愁の影は、もはや見当らなかった。間部詮房が、四歳の少年の中に、新たな献身の相手を見出（みいだ）したことはあきらかだと思われた。

仰せのようなことは、おそらく林大学頭（だいがくのかみ）が喜んで取りはからうのではないかと白石は口まで出かかったが、黙って頭をさげた。しかしそのときふと、白石は昨日城中で耳にして、以来心をはなれないうわさ話を持ち出してみる気になった。それは、事実とすれば奇怪この上もない事柄だったのである。

ちらと人に聞いたことだが、と白石は言った。

「上様はいまだ幼くあられるため、服喪されていないというのは事実でしょうか」

「………」

「そのために、今年も日光の例祭と伊勢神宮の神嘗祭（かんなめさい）には、例年のごとく奉幣のお使いがあるだろうと、人が申しておりましたが……」

「まずかったかの」

と間部が言った。端正な顔に、めずらしく狼狽（ろうばい）した表情が動いている。

「と申しますと、上様はただいま、喪に服してはおられない？」

「そういうことだ。七歳に満たない者は、父母の喪に服することはいらぬという意見があって、それに従った」

「意見を申されたのは、大学頭どのですか」

「さようだ」

間部は窺（うかが）い見るような目で、白石を見た。

「違うのか」

「それがしが考えるところは、大いに異なります。しかし大学頭どのがさように申されたのであれば、いたしかたござりますまい」

と白石は言った。

家宣在世中に、ことごとく意見を無視されて憤懣を胸に溜めていたはずの林信篤が、家宣死後は必ず反撃に出て来るだろうと予想はしていたが、意外に早かったなと白石は思った。信篤のうしろには、つねに土屋政直、去年新たに老中にのぼった阿部正喬などの有力者がひかえている。幼主の服喪について、信篤が早速に意見を奉ったということは、彼らの後押しで信篤がはやばやと失地回復に乗り出して来たのだとみてよかろう。

そして信篤の意見が用いられることは、背後にいる土屋、阿部といった老中の閣内における発言権の増大にもつながるだろう。彼らが狙っているのは、多分間部、白石などの成り上がりを重用した家宣の側近政治の一掃である。

――越前どのは……。

ああ言われたが、と白石は思った。このおれの出番はだんだんに少なくなるだろう。白石にはその先行きが見えた。

異論があると言いながら、白石が服喪について反論しないのが、よほど奇異に見えたらしい。間部は眉をひそめるようにして、しばらく無言で白石を見守っていた。

それから淡々と言った。

「土屋どのや大学頭を気にかける必要は、さらさらない。意見があれば、どしどし言ってもらいたいものだ」

「…………」

「これからのち、土屋どののあたりが、老中の意向と称してわれらがすすめる政策に異議をはさんで来ることは十分に考えられるが……」

間部はそこで少し声を落とした。しかし豪快に言い切った。

「なあに、大名の跡つぎなどに政治はわかりはせんのだ。ごく少数の出来物をのぞけばな。筑州も見たろう。荻原に幕府の金蔵はカラだと脅されると、老中諸公は周章狼狽した。ともかく善後策を講じようとした者は、一人もいなかった。あんなものだ」

間部は鋭く白石を見た。

「貨幣の改鋳、裁判の公正、そこもとが建議しておった長崎貿易の見直し、中でも重要なのは鍋松さまの哺育、すべて厳密にすすめねばならぬ先代さまの御遺志だ。これまでどおりわれわれが提案し、老中はこれを議し、実行して行く。頭の固い土屋どのや大学頭にまかせるわけにはいかぬ」

「仰せの条々、まことにごもっともと存じます」

白石が答えると、間部は微笑していつもの顔になった。

「なに、心配はいらぬさ。先代さまは一昨年本多忠良どのを御側に引き上げられ、昨年は侍従として席次は老中に次ぐべしと定められた。賢明なご処置だった。この本多どのが、まだ若年ながらさきほど申した稀にみる出来物なのだ」

「それは重畳にござります」

「老中と議するときは、わしは阿部正喬どのの上座に坐り、本多どのは阿部老中の下座に坐る。先代さまはこの本多どのとわしに、遺言して上様の哺育をゆだねられた。わしは何ほどの者でもないが、本多どのは名門だ。老中諸公もわしと本多どのの組合わせには、御遺言ではあり一目おかざるを得んだろうて」

これにそこもとを加えれば、先代さま在りし日のごとく政治をすすめるのは決して不可能ではない、と間部は言い、さらに熱っぽい口調でつづけた。

「閣内もみな敵というわけではない。われらの政治改革を支持された秋元喬知どのは、先年閣老の位置を去られたとはいうものの、なお老中の間に隠然たる力を残しておられるし、明年には老中に上るだろうとうわさされる久世重之どのは、知られるとおりそこもとの学問の崇拝者だ。釣りあいはとれておる」

その日白石は、下城の時刻いっぱいまで中ノ口の自分の部屋で訴訟の書類をみて、人々と一緒に薄暮の中を城を下がった。

——間部どのは……。

ああ言われたが、と白石は思っていた。在りし日のごとき政治をすすめることは無理だ。大事の人が欠けている、と思った。間部にはその空虚が見えないのだろうかと、白石はむしろそれが不思議だった。

白石は佐吉を供にして歩いている。雉子橋(きじばし)御門外の屋敷までは、歩いても何ほどの道のりでもなく、馬を用いることもいらなかった。濠(ほり)のそばの道をたどって行くと、城の石垣の下、小暗い水の上におびただしい水鳥が群れているのが見えた。北から渡って来た鳥だろうと思われた。

鳥は時おり、遠くから鈍い羽音をひびかせるものの、不思議に声を立てなかった。いそがしく水にもぐったり、ほかの鳥を追いかけて水の上を滑ったり、水に浮いたりしているだけである。

「旦那(だんな)さま」

と佐吉が言った。白石は目を水の上の鳥から佐吉にもどした。

「何だ」

「伊能さんのことですが……」

「どうした、見つかったか」

と白石は言った。伊能佐一郎は、去年白石が京都に行った留守に出奔した子飼いの弟子である。その後の佐吉の調べで、伊能が人の女房と駆け落ちしたことはわかっているが、住居はわからず行方不明になっていた。

「はい、それが……」

白石の妻女の使いで深川のさる寺にお詣りに行った帰り、霊岸島の橋のほとりでばったりと顔が合ったのだと佐吉は言った。

「ふーむ、いま何をして喰っておるのだ」

「それがです」

と佐吉はまた言った。

「はじめのころは伊能さんは、さるお店の帳付けに雇われ、一緒の女子はつてを頼ってうどん屋で働いたそうですが、そうこうしておりますうちに、その女子がうどん屋に見込まれて、いまは夫婦して、と言ってよろしいものやらさっぱりわかりませんが……」

佐吉は溜息をひとつついた。

「とにかくその女子と一緒に、いまは伊能さんもうどん屋で働いているのだそうでござります」

「うどん屋だと？」

「はあい、まことにその、情ない話でござりまして」

佐吉は今度は洟をすすった。そして、旦那さまのお言いつけに従っていれば、いまごろは何不自由ない武家奉公の身の上だったろうにと嘆いた。それから急に言った。

「その店の在り場所を申し上げましょうか」

「うどん屋のか」

「はい。うどん屋は老夫婦だけで、ちゃんと修業して一人前になれば、二人を夫婦養子にしてもよいという話になっているそうです」

「たわけた話だ」

と白石は言った。

「商い店の帳付けなら、習いおぼえた筆と文字が役立つということもあろうが、うどん屋ではまったくの畑違い、一から修業せねばならん。どうもあれは、いまひとつ暮らしの平仄が合わぬ男だな」

「ごもっともにござります」

しばらく黙って歩いてから、白石が言った。

「その町の名を言え」

「指ケ谷（さすや）だそうです。白山権現（ごんげん）さまの南のあたりになりましょう」

佐吉はうどん屋の店の名も言った。

「指ケ谷か。田舎だの」

と白石はつぶやいた。白石の胸の中を、ほんの一瞬だがうらやましいような気分が通り過ぎた。

暮らしの平仄が合わぬ、と伊能を批判したが、しかしむろん、暮らしの平仄が合う合わぬと人のしあわせはまた別のことである。武家勤めが必ずしもしあわせとは言えないように、うどん屋になることが不しあわせなどとは誰も言えぬことだ、と白石は思った。

伊能佐一郎の、少々突飛だが軽々とした身のこなしが見えた。そこが少しうらやましかった。

――人の女房と駆け落ちして……。

今度はうどん屋か、いやはやと思った。若いから出来ることである。

「その、何だ」
白石は佐吉を振りむいた。
「女子の元の亭主から、去り状はもらったのか」
「それが、掛け合ってはいるものの、まだもらえないということでした」
それみろ、世の中はそんなに甘くはないぞと白石は思った。

歩いているうちに寒気が身体をしめつけて来て、濠わきの道から町並みに入りこむころには、白石は綿入れの襟を掻きあつめた。風こそないが、空はいまにも雪でも降りそうな暗い冬雲に覆われて、その下に町は静まり返ったまま、日没を迎えていた。

道を歩いている人も数えるほどしかいなくて、人々は背をまるめ、足早にすれ違って行く。人の声は聞こえなかった。むろん寒さのせいに違いないのだが、白石には町もまた家宣の死を悲しんで喪に服しているようにも思いなされた。

そして、多分その連想で、間部が言った七歳に満たぬ子は父母の喪に服さずという言葉と、はじめて謁見したときに、無邪気なしぐさで張子の鴛鴦をくれた四歳の幼主の姿がちらと胸にうかんで来たが、白石は首を振った。服喪のことはおれにはかかわりがないことだと思おうとした。

町は次第にほの暗くなり、左右の家の窓に、灯がともりはじめていた。

「冷えるの」

「寒うござります」

主従がかわした言葉は、凍てたように静まる町にひびいて、すぐに消えた。

四十二

「間もなくお夜食でございます」

書斎まで送って来た妻女が、火桶の炭の様子をたしかめてから、そう言って出て行くと、白石は封を解いて室鳩巣から来た手紙を取り出した。

手紙は、留守中にとどいたと言って、出迎えた玄関で妻女が渡したものである。白石は少し燈火に身体を傾けながら手紙を読んだ。家の者が気を利かせて、炭火を多目に熾しておいたせいか、部屋の中はほんのりとあたたまっている。寒気にこわばった身体も、そうして火桶のそばに坐っていると、少しずつやわらかさを取りもどすようだった。

しかし、室鳩巣の手紙を一読した白石の胸にうかんで来たのは、かすかな不快感だった。白石は手紙を巻きもどして、机の上に乗せた。そのまま手紙は見向きもせずに、火桶に身体をむけて暖を取った。そして額に皺(しわ)をきざんだ。

室鳩巣は白石と同門の木下順庵の門人で、師の順庵に「忠信篤敬(とっけい)、志を聖学(せいがく)に有し、英才博識、美を文場に専(もっぱ)らにす」と評された秀才だった。儒者として加賀藩に仕えている間に白石の推挽(すいばん)を受け、昨年から幕府の儒者となっている。

そのもっとも気の合う友人である鳩巣から来た手紙は、冒頭に「昔延喜年中にあつて、菅相公儒家より出(い)で、時に用られ権を専にす。時に、三善清行(みよしきよつら)書を奉りて菅公を諫むるに身を慎み禍に遠ざかるの道を以(もっ)てす」とあった。儒者から政治家の道にすすんだ菅原道真(すがわらのみちざね)が、醍醐(だいご)天皇の御世(みよ)になってついに右大臣に挙げられたとき、文章博士の三善清行が勇退をすすめた故事をふまえて、白石に政治から身をひくことを勧告しているのである。

白石が思案にふけっていると、娘の長が食事を知らせに来たので、白石は立ち上がって書斎を出た。

一歩部屋を出ると、廊下には寒気が固く張りつめていた。白石は前を行く娘に声をかけた。

「お長、寒くはないか」

「いいえ」

長はちらと父親を振りむいた。そしてすぐに顔を前にもどすとすました声で言った。
「おとうさまこそ、寒くはございませんか」
「おお、寒い、寒い」
白石は言ってくすくす笑った。室鳩巣の手紙から受けた不快感が遠のき、気持がほぐれて来るのを感じた。

長は宝永三年、白石が五十歳のときに生まれた末子である。まだ七歳だった。この子たちのために、まだ長生きせねばならんだろうと白石は時折り深刻な気分で思う。だが、いまは長の言いぐさが一人前で、それがおかしくてつい笑ってしまった。

長は忍び笑いをしている父親を、振りむき振りむき歩いて行く。何がおかしいのかと怪しむ気配だった。

夜食をしたため終って書斎にもどると、白石はもう一度室鳩巣の手紙を取り上げて、丁寧に読んだ。

鳩巣は、自分はむかしからの木門の同門として、白石との交わりはことに厚いものがある。白石を敬愛すること、自分より深い者がいるとは思えない。しかるに菅公とさほど親しくはなかった三善清行がそれを言い、自分が言わないのは「既に功徳の情にそむき、また仁を輔くるの道に違へり」と書いていた。

そして、何を言わんとするのかといえば、忠告したいのは「今より以後、迎接を謹み権利に遠ざかれ」というのではないとことわりながら、白石は豪傑なるがゆえに、日ごろ言葉、態度ともにおのずから剛鋭果敢の気溢れ、謙譲の心が少なくなりがちである。ゆえに「その善を有せず、その功を矜らざらんこと」をねがうものだというのだった。

しかしやや歯に衣着せたようなその言い方も、最後になると「聖明上に臨み、讒毀の患なく、彼延喜の時とひとしからずといへども、盈るを害して謙に福し、盈るを悪んで謙るを好みするは、天下不易の常理也。慎まずんばあるべからず」と記し、「僕、願はくは、吾兄謙々の心を垂て天人の道にかなひ、よく其の基を終つて徳言瑕しからざらん事を」と結ばれていた。

それはやはり退隠の勧告だった。

——多分、これは……。

新助（鳩巣）の善意の忠告だろう、と白石は思った。あるいは鳩巣は、儒者仲間との話の間に、家宣の死を機会に林家が巻き返しに出る、などということを聞きこんだのかもしれなかった。そして、今度は白石に勝ち目がうすいとみて、事前の引退を勧告して来たのだとも考えられた。

あるいはまた、と白石はさらに考えてみる。手紙には書いていないが、鳩巣は家宣と白石の、たとえば水魚の交わりとでも言うべき、ただならない眷顧(けんこ)を念頭において、家宣が世を去ったからには、白石も権力の座に執着すべきではないと言いたいのではないか。

もしそうであれば、鳩巣の忠告はいまの白石の心境とやや通い合うものだった。しかしそう考えてもまだ、白石の胸にはかすかな不快感が消えずにとどまっていた。

——これは何だろう。

と白石は思っている。心あたりはひとつはあった。三善清行は道真に引退をすすめ、それは以後の道真の運命を見事に言いあてたことにもなるのだが、清行は善意から道真を諫めたわけではない。道真と清行は、むしろ犬猿の仲だったのである。とすれば清行の勧告にこめられた意味はおのずからあきらかである。室鳩巣ともあろう者が、それぐらいのことを知らんのかと、白石は苛立(いらだ)つ。

しかし不快感は、それだけのものではなかった。もっと奥深いところから出て来るようだった。白石は手紙を、今度は巻きもどしもせずに机にほうり投げ、火桶を抱えこむと胸の中の不快感にじっと目を凝らした。

——やはり、あれか。

しばらくして白石は身体を起こした。ようやく不快感の正体を突きとめた気がしていた。それは政治ということについて、白石と室鳩巣の考えがまったく違うということだった。もっと突きつめて言えば、儒者が政治に関与することについて、二人の間には越えがたい考え方の相違があるということだったのである。

白石は若いころから「天下有用の学」に心を惹(ひ)かれた。学問を現実の世に役立てたいと思うのである。経典の字句の解釈を考究して、死んだような日々を送るのはまっぴらだった。同じことならその字句が指し示すものを、現実に生かしたいと考えた。

その考えが政治に結びつくのは、きわめて自然な成行きである。だからこそ白石は、甲府綱豊が将軍世子(せいし)家宣となって間もない宝永三年に奉った「進呈之条」の中に、「いにしへを知るといへども、今を知らざれば所謂(いわゆる)春秋の学にあらず」と記し、幕府儒官が先例、古格はよく論じても、そこから論をすすめて現実を解明批判することが出来ないのを、孔子が「春秋」を作った志に悖(もと)るものだと批判したのだった。それは自分、新井白石はそうではないという宣言でもあった。

白石は、「これを沽(う)らん哉(かな)、これを沽らん哉、われは賈(こ)を待つ者なり」という孔子の言葉が好きだった。

それは弟子の子貢(しこう)が、美玉に託して孔子に諸侯に仕える気があるかどうかをたずねたのに対する孔子の言葉である。もちろん、もちろん、私は買い手を待っているのだという孔子の言葉には、学問を生かすために積極的に現実にかかわり合おうとする気概が溢れていると白石は思う。

堀田家を浪人し、浅草から本所に転居して家塾をひらいていたころ、「論語」に記されたその一節はしばしば白石の胸をかすめ過ぎたものだった。ここには天下を経営するに足りる心構えと理論が語られている。聖人の学はいまの世に生かされねばならぬ。それが孔子が史書「春秋」を遺した意味でもあると、白石は経書を読みながら考えていたのである。

白石にはついに買い手が現われた。甲府綱豊である。その綱豊に、白石は「資治通鑑綱目（しじつがんこうもく）」、「論語」とならんで、数年、当然のごとく「春秋」を講義した。そして綱豊が将軍家宣となったとき、ともに政治の世界に踏みこんで行ったのも、白石の学問観から言えばごく自然な成行きだった。姿勢は一貫している。訓詁（くんこ）の虫になるのも、日常を行ない澄まして聖人を気取るのも、白石の好みではない。

しかし室鳩巣からみれば、そういう自分の姿は儒者の分際を越えて限りなく俗に近づくと見えたかも知れないと白石は思った。政治の世界は、一面権力の争奪と立身出世の競い合い、さらには阿諛（あゆ）迎合、賄賂の横行などが混沌（こんとん）として渦巻く欲望の坩堝（るつぼ）でもある。儒者が身を置く世界ではないと、謹直な朱子学の徒である鳩巣は見ているのだろう。だからこそ、引退して儒の世界に帰れと言っているのだ。

そしてそういう鳩巣の拠って立つ場所が、聖人の学を深くきわめながら、一個ののぞましい儒的人格、学識と徳行の釣り合いがとれた人格を完成するあたりにあるのは明らかだろうと思われた。そこには騒々しい政治の影はない。

それはそれであり得べき、白石の好みとは異なるものの、のぞましい儒の在り方というものかも知れない、と白石は思う。だが、とそこで白石は胸の中で鳩巣とむかい合った。

――新助は政治の何たるかを知らぬ。

おそらく政治の世界で、これまでおれが何をやって来たかも、つまびらかには知るまい。むろん、と思いながら、白石はうす笑いした。手をのばして机の上から鳩巣の手紙を取り上げると、丁寧に巻きもどした。

――むろん、彼は……。

この白石がにぎっていた権力の大きさも、正味のところは知らぬ、と白石は思った。白石が、当面する政治的な問題によっては老中どころか外国の使節、時には家宣その人とも論争して、一歩も引かないだけの権力を手中にしていたことを鳩巣は知らない。

論争癖は、ただの白石の性格だと思っている。そういう鳩巣の忠告である。無視してよい、と白石は思った。

しかし、うす笑いしたときに胸にうかんだ感想は、それだけではなかった。白石は権力の快さということを思い出していたのである。わが意見が天下を動かしていると感じたときの快い昂り。その地位にのぼった者でなければ理解出来ない権力の快さは、白石のような人間にも、ひそやかに沁みわたる毒のように時折り訪れる感情だったのである。

それは鳩巣が知る由もない、密室の愉楽に似た感情だった。そして知らないままに引退せよなどと言っていると思ったとき、白石の胸をちらと鳩巣を侮る気分がかすめて、思わぬうす笑いになったのである。

しかしそれは、いささか品位に欠ける気持の動きというべきだった。鳩巣を侮るなどということは、彼が指摘している俗に堕した証拠以外の何物でもあるまい。そう思いながら、白石は取りあえず鳩巣の忠告を黙殺することを決めると、顔色をひきしめた。

そのとき、ひょいと白石の意識にうかび上がって来たものがある。ほかならぬ、自分がにぎっていた権力のことだった。

——権力は、もはや失われたのか。

いや、まだ手の中に残ってはいる、と白石は自問自答した。家宣の死で、白石が幕閣の中に占めていた権力が、著しく弱まったことは否定出来なかった。おそらく、万人がそう眺めるはずだった。

だが弱まりはしても、白石や間部がにぎっていた地位や権力は、消滅したわけではなかった。二人の地位と権力を保証しているものがあった。言うまでもなく、遺言という明確な形で残された家宣の遺志である。それは林家はおろか、老中もほかの何びとも無視出来ないものだった。

その遺言のことを、さっき城中で会った間部詮房は繰り返し言っていたのだが、その言葉を、白石はそのとき十分に耳に入れたとは言えない。しかし皮肉なことに、室鳩巣が突きつけて来た引退勧告が、家宣の遺言の重みをありありと思い出させることになったようだった。

——さすがに……。

間部どのだ、今後の政局で何がもっとも重要であるかを、的確に押さえておられる、と白石は思った。間部は、さっき言っていたように、このあと家宣が言い残した言葉を残らず推しすすめて行くつもりなのだろう。その鍵（かぎ）の役割をはたすのは、家宣の遺言である。逆らえば、たとえ相手が老中であろうとも、先代さまの御遺言で押し切ることが出来るだろう。

白石の頭はようやく、幕府権力の一隅を占める政治顧問らしい動きをはじめていた。

——貨幣改鋳などはともかく……。

七歳に満たぬ子供は父母の喪に服することなし、などというでたらめな進言は、さっそくに撤回させる必要があるだろう、と白石は思った。

これでまた大学頭信篤とやり合うことになるかな、と少しうんざりしたが、白石はもう、二年前に信篤の頭を押さえる形で武家諸法度（ぶけしょはっと）や大成殿（湯島御聖堂）参拝次第の案を草したころの、林家に対する遠慮は抱いていなかった。長いつき合いの間には林家の悪いうわさも耳に入って来て、胸の中にはやや興ざめした気分がある。

朝鮮使節応接に関する議草、武家諸法度と、本来林家が提出すべき草案をことごとく白石にさらわれた信篤が、家宣に致仕（ちし）願いを出したことがある。隠居するというのだった。

それは家宣の御聖堂参拝の儀式が行なわれたころのことである。

このとき白石は家宣の諮問（しもん）にこたえて致仕を許可するのに反対した。大学頭は先代綱吉の師として、世の人にうやまわれる存在である。齢（とし）はまだ七十に満たない。これに簡単に致仕の許しをあたえたら、「世の人いかに申すべき」というのが反対の理由だったが、本音を言えばそのころの白石の心の中には、家宣の命令とはいえ、明らかに林家の所管である御聖堂の儀式にまで首を突っこんだことに対する、うしろめたい気分が残っていた。白石とて鬼神ではなく、あれはやはり越権行為だったと思うのである。信篤の致仕をとめたのは、そうすることで気持の上の負債をつぐなったのだと言えなくもない。

もっとも白石は、家宣にしたその進言を誰にも洩らさなかったので、公事のほかは登城するに及ばぬ、老いをいたわれと家宣に慰留された信篤は、それがあたかも将軍家の自分に対する厚い信頼の証拠であるように、感激して周囲に触れ回ったのであった。

それはともかく、そのころの白石はまだ林家の学統とか、信篤自身の、政治顧問としての資質はともかく学識そのものとかに対しては素朴な敬意を失っていなかった。また、見習うというのではなくとも、林家の初代羅山の学問と政治の両域にまたがる活躍ぶりも、もちろん視野におさめていた。

白石と林家のかかわり合いのはじめは、必ずしも愉快なものではなかった。たとえば白石は、木下順庵門に出入りしていたころ、谷という人物に、順庵のようなはやらない儒者ではなく、林家の門人になる方が出世の近道だろうにと、再三露骨な忠告を受けたことがある。

　また甲府藩に召し抱えられたころ、ほぼその直前に、甲府藩が林家に門人を儒者にと申しこんだのに対して、甲府藩を軽んじてか、林家がにべもなくことわっていたのを知った、などということもあった。白石自身は、甲府藩に召し抱えられたことを無上の光栄と感じていたのだから、こういう話が快かろうはずはない。

　こうしたいきさつは、いわば在野の儒者である白石に、林家に対してひそかな敵意を抱かせるに十分な出来事だったが、しかし藩儒から侍講へと儒官の道を歩みはじめてみると、林家はやはり鬱然とした学問の家だった。その全容は予想を越えていた。儒者であるからには、白石もその家と人に敬意を払わざるを得なかったのである。

　しかし近年になって、白石は壮大な湯島御聖堂が、信篤が孔子が尼丘山に祈って生まれた故事を引き合いに出して、祈禱のために聖堂を建立するならば、待望の御子も生まれるだろうと、子供が欲しい綱吉にすすめて出来上がったことを聞いた。阿諛である。

　白石は林羅山がかつて家康を持ち上げて、孔子、釈迦以上であると書いたのも阿諛だと思っていた。羅山の言い分はこうである。孔子は唐のことは知っても天竺のことは知らなかった。釈迦は天竺を知っていても唐のことを知らなかった。しかるに家康公はわが国はもちろん、唐、天竺まで残らず承知している。孔子、釈迦の及ぶところにあらずというのである。

白石も神祖家康を崇敬することただならないものがあるが、しかし断じて孔子、釈迦より家康の方が上だなどと思うことはない。羅山の言いぐさは、あきらかな阿諛迎合だった。それに加えて、信篤の儒者らしくもない迎合的態度である。阿諛は林家の伝統かと興ざめする思いだった。それぞれの阿諛に学問が絡（から）んでいるところが、よけいに儒にあるまじき姿勢だと思われるのである。

白石はほかにも、大学頭信篤に関する顰蹙（ひんしゅく）すべきうわさを聞いている。信篤が何びとかを使いにして日ごろ心安くしている幕府役人に多額の金をとどけさせ、この金は当分必要がないのでそちらに預けたい、ついては百両につき一両ずつの利息を申し受けたいと言わせた。役人の方では、必要な金ではないけれども、相手が大学頭では仕方なく、のぞみのようにはからった。その金は千両とも、また二千両とも言われ、役人の間には、儒者というものはこんなに欲が深いものかと嘲（あざけ）る声がある、と言うのである。

このうわさは白石の気分を滅入（めい）らせた。

儒も人の子で、むろん金がなくては暮らしが成り立たない。また学問に必要な書物も買えぬ。養う家族が多い白石は、ことに日常の掛り費用が多く、かつては任官したもののあちこちに借金を重ねなければならなかった。

その当時の金策の煩(わずら)いは、いまもって胸に悪夢のように甦(よみがえ)ることがある。儒にも金は必要である。金銭に淡白なのを、一概に美徳とすることも出来まい。

――しかし……。

儒は人倫を説く者でもある、と白石は思った。金銭を得るにも、相応の道を以てすべきである。金を貸して利息を稼ぐのを、儒の道にかなっているとは言えまい。そう思ったとき、白石は大学頭信篤に対する軽侮の念を押さえることが出来なかった。そういう倫理観では、白石は室鳩巣と一致している。

しかし儒を嘲れば、その嘲りはただちにわが身にも返って来る。気が滅入った理由だった。

白石は立ち上がって燈火をつかむと、書斎の一隅に堆(うずたか)く積み重ねてある書物の前に行った。幼主の服喪の件について意見を言えば、たちまちに信篤から反論が返って来ることが予想された。論戦にそなえて、服喪に関する中国の古書の記述、わが国の喪葬令などを眺めておこうと思ったのである。

白石の頭は、政治の世界にもどっていた。中国の古礼に「七歳以下は無服の殤(しょう)」と記してあるのは、七歳以下の若死にした死者は服喪の対象とならないという意味で、これを七歳以下の者は父母のために服喪しないなどというのは、杜撰(ずさん)きわまる解釈である。

大学頭に一撃を喰らわしてやろう、と思っていた。

四十三

「いやはや、大変な見幕でな」

間部詮房は苦笑している。信篤の反論がかなりきびしいものだったのだろう。

「この信篤が作った元禄の服忌令(ぶっきりょう)は、天下不易の制度である。それにこうした異論をさしはさむ者は、いったい何者かとえらい鼻息であった」

「それがあの方のわるい癖ですな。元禄服忌令はわが師木下順庵、人見宜卿(よしたか)、吉川惟足(これたり)も参与して出来上がった法であるのに、手柄を一人占めになさる」

白石は辛辣(しんらつ)に言ってからつづけた。

「それで、異議を申し立てたのは新井であると言って頂けましたか」

あった。

「いや、それは言わなんだ」

間部は笑いを消して白石を見た。その顔には、言えば騒ぎが大きくなる、と書いてあった。

間部はなだめるような口調で、どうだろうなと言った。

「上様の服喪については、すでに老中の方々が大学頭の意見にしたがっておる。そこもとの申したことを伝えても、大学頭の態度はあのとおりである。これを覆すのはまずむつかしいというのがわしの判断だが、そこもとはどう考えるか」

「…………」

白石は膝に眼を落とした。間部が弱気になっているのが感じ取れた。在りし日のごとく政治をすすめるのは不可能ではないと、間部は言ったが、現実にはそうもいかないということだろうと白石は思った。むかしのようには出来ないとなれば、間部がえらぶのは妥協という道である。大きな政策で譲らないためにも、服喪などということでは妥協しておいてもいいのではないか、と間部は言いたがっているのだった。

しかし白石は、間部のなだめるような視線をはね返した。

「しかし、ここで譲るとむこうは嵩にかかって来ますぞ」

「そう思うか」

「それは間違いござりません。このあとが非常にやりにくくなることはあきらかです」

　と白石は言い切った。

「むしろここで、出鼻をくじいておくべきです。服喪のことは、あきらかな先方の間違いで、こちらには一点の譲るところもない。これが強みです」

「論戦して勝てるかの」

「もちろんです。場合によっては大学頭どのと対決させて頂いてもいっこうにかまいません」

「いやいや、意見書を出してもらおう」

　と間部はいそいで言った。事を大げさにせず、なるべくなら自分の手の中で処理してしまいたい気持が露骨に見えた。

「意見書を見て、老中諸公に掛け合い、大学頭を説いてみよう。まかせろ」

　そこで白石は、大学頭信篤の進言の間違いを指摘しながら、せめて心喪の必要があることを説き、最後に幼主が成人したのち、幼いがために父君の喪に服さなかったことを知ったらどう思うだろうかと、情に訴える言葉も記して意見書をまとめた。

間部はその意見書を懐にして老中の間を回り、服喪について再度考えを質してみたが、老中の反応は消極的だった。一旦決まったことだから、いまさらやり直すこともなかろうという意見である。

そこで間部は最後の手段に訴えた。白石の意見書を奥に持ちこみ、家宣夫人の天英院、鍋松の生母月光院に見せたのである。そして白石の情理そなわった意見書は、奥の女性たちを動かした。喪服はつけないが心中で喪に服する、万事めでたいことをひかえる心喪ならば、元禄の服忌令にも抵触せずに行なえるという白石の案を支持したのである。

形勢は一気に逆転して、予定されていた神事などはすべて延期となった。信篤は激怒して老中に意見書を出した。しかし白石も一歩も引かずに信篤の意見に反論を加え、結局服喪をめぐる問題は白石の勝ちに終ったのであった。

十二月十一日に、やがて新将軍家継となるべき四歳の幼児は、はじめて表御殿で行なわれた御代初めの儀式に出た。老中の大久保忠増が先導し、御刀を御側高家の宮原氏義、御脇差を同じく堀川広益がささげ持っているのはよいとして、幼児なのでこれに乳人、女房がつき添っている。集まっている人々は奇異な眼で迎えたが、もっとおどろいたのはその幼主家継を、間部詮房が高々と胸に抱いて来たことだった。

間部は故家宣に、とりわけて遺孤を託された人物である。幼主を抱いて群臣の前に立つ資格がないとは言えなかった。しかしそれは、見る人によってはかなりあざといやり方と受け取られ兼ねないものだった。間部が、自分が持っている権威を露骨に誇示していることがあきらかだったからである。

違和感を抱いた者も少なくなかったはずだが、その日家継は水戸綱条、紀伊吉宗にはじめて対面したほか、参覲の諸大名の挨拶、幕臣の謁見を受けた。

家継は十二月十八日にはやはり間部に抱かれて、黒書院で行なわれた御代初めの祝賀にのぞみ、さらに白書院、次の間にわたって在府の諸大名、幕臣の賀詞を受けた。二十三日になると、家継に京都朝廷から正二位大納言の宣旨と霊元上皇自筆の御名がとどいた。

そして明けた正徳三年の元日には、奥で着袴の儀式が行なわれ、そのあと家継はやはり間部詮房に抱かれて表御殿に出、御三家以下諸大名、幕臣の年賀を受けた。

そのころになると間部が幼主を抱く姿も板につき、それを見る人々も馴れて、はじめのころのようにはおどろかなくなった。

——なるほど……。

さすがに越前どのだと、成行きを眺めていた白石は感心したものである。

あざといと見られようが何だろうが、幼主家継とかくも密着しているという事実を、諸人の前に示すことが、間部がかつて家宣の下で所有していた権力が消滅したわけではなく、いまにつづいていることを人々に納得させる、もっとも手短かで有効な手段だったのである。ちょうど白石が林大学頭に一撃を喰らわす形で、政治顧問の座に復帰したように。

間部が語ったとおり、家宣の遺志を政治に実現して行くためには、間部や白石が幕閣の中に健在でいることを諸人に示す必要があるのだった。しかし裏を返せば、そういう努力なしには現在の地位を保てないということではないのかと、白石は時どき思うことがあった。

そういう白石の懸念を裏書きするような出来事が春になってあった。

三月二十二日には家継の元服の儀式があり、つづいて四月二日には将軍宣下の儀式が行なわれた。幼将軍とはいえ、家継の治世が正式に幕をあけたのである。その元服の式次第を作成したのは白石だが、元服の儀式が間近にせまったころ、白石は間部にひとつの提案を行なった。

近年物事が万事ぜいたくになり、物価も上がっているので、幕臣も暮らしに困り、そのために公務も十分に果せない者がいるなどと聞く。幼将軍の治世をむかえてそういうことでは困るので、諸役人ともに分限に従って冗費をはぶく努力が必要だと思う。ついては従来の弊害を改めるにはどうしたらよいか、幕臣に意見を提出させてみてはどうだろうかというのが提案の中身である。

意見をもとに諸事倹約の方針を打ち出し、新しい触れを出せればというのが狙いである。間部もその考えに賛成し、老中に相談して意見上申をもとめる触れを回した。

これに対し、幕臣は一人残らず答申した。ただし、「何としてでも、日常の公務は怠りなく勤めたい」と記したものだけで、具体的な節倹の方策に触れたものは一通もなかった。

「こういう次第だ」

間部は答申書を白石に示したのちに、老中にこういうときは前例にしたがって筑後守の意見を聞くべきではないかと進言したと言った。

「老中の方々もそれがしの意見に賛成だった。ひとつそこもとの考えるところを書類にして提出してもらいたい」

「言い出したそれがしが意見を述べるのは、ちと趣旨に違います」

と白石は言ったが、とりあえず以前にも言われた数多い倹約の事例の中から、現在の世の中にも通用すると思われるものを選んで、白石建議三冊にまとめた。

しかし建議は提出されたまま、何の反応も返らずに日にちが経った。間部にたずねると、いま老中が回し読みをしていると言うだけである。

そして日がさらに過ぎてからもどされて来た建議書を見て、白石は啞然とした。書類は付箋だらけで、その付箋にはこれはいまは実行がむつかしかろう、これは世間で行なわれるはずがないといった否定意見だけが書きつけてあったのである。

――もともとやる気がないのだ。

白石は憤慨したが、やがてこれがいまの老中たちの自分に対する、正直な処遇というものかも知れないと悟った。背後に家宣がいなければ、彼らはやかまし屋の白石といえども、べつにこわくはないのである。

白石はつい先日の夜、室鳩巣がふらりと屋敷をたずねて来たときのことを思い出していた。鳩巣は引退勧告が黙殺されたのを気にしていたのか、来るとすぐにこう言った。

「いまの地位から退かない気なら、相応の権威が必要だ。文昭院さま（故家宣）は、筑後守どのを間部さまと同役ぐらいに引き上げ、大禄をあたえるべきだったのだ」

それでなければ、天下の人が服さぬ、と鳩巣は断言した。

そのときは笑って聞き流したのだが、こうなってみると鳩巣の言うことが的を射ていたようである。

――あまり余裕はない。

と白石は思った。家宣が心にかけて遺言した事業に、いよいよ取りかかるべきだという思いが強まった。

白石は金銀改鋳に関する意見書「改貨議」の執筆に取りかかった。それは心血をそそぐような著述だったのだが、その無理がたたったのか、閏五月の末に例の瀉の病いにかかり、白石は床に臥すことになった。

去年の四月に患った瀉と同様、やがては起き上がるのも大儀なほどに身体が疲れ、白石はその後二ヵ月も床をはなれることが出来なかった。しかし病気がやや快方にむかった六月に、白石は「改貨議」を三冊にまとめて幕閣に提出した。

白石の病気が快癒したのは七月下旬で、白石はほぼ二ヵ月ぶりで登城した。その月の二十五日には老中大久保忠増が、翌二十六日には家宣がのぞみをかけて、死後は将軍職を譲ることまで考えた尾張吉通が病死した。吉通はまだ二十五歳の若さだった。

提出した「改貨議」に対する幕閣の反応は、予想したように鈍かった。間部詮房だけが、いろいろと老中の間を説いて回り、八月には評定衆に「改貨議」を示して、具体策を立てるよう指示するところまで漕ぎつけたのだが、その後の間部の話によると、「改貨議」は評定衆の間にじっととどまったままで、何の手も打たれないでいるということだった。

その間に、世に悪貨をはびこらせた張本人である先の勘定奉行荻原重秀が、九月に病死した。しかし喜ぶべきこともあった。白石に好意的な若年寄久世重之が、八月三日老中にのぼったことである。

そのせいでもないだろうが、幕閣は十月上旬になるとようやく重い腰を上げて「改貨議」を取り上げ、改貨事業の担当者として大目付中川成慶、勘定奉行水野忠順、目付大久保忠位、勘定吟味役杉岡能連、萩原美雅を指名し、総指揮を老巧の秋元但馬守喬知にゆだねることを決めた。

しかしその具体化は、まだ先の話だった。担当者を決めただけで、事業はまた一ヵ所にとどまったまま、初冬を迎えようとしていた。そのころ、登城して中ノ口の詰め部屋にいた白石を、男が一人たずねて来た。大目付の横田由松だった。

大目付の横田が白石の詰め部屋に来たのは、その日がはじめてだった。

しかし横田は、坐るとすぐに、相変らずおはげみのようですなと言っただけで、あとは口をむすんで机のそばに堆く積んである書類とか、壁ぎわの漢籍を眺めている。何か、急な御用でもと聞いた白石の挨拶にも答えなかった。

横田の寡黙(かもく)さはよく知っているので、白石は黙って横田を見守った。大目付の髪はさらに白髪がふえて、小日向(こびなた)の切支丹(キリシタン)屋敷で見たころにくらべると、ほとんど銀色に変っている。皺も増したが、ただ顔色だけは血色よく赤らんで、つやがあった。

「さて、その用のことだが……」

しばらくして、横田はようやく白石に視線をもどして言った。

「小日向で、じつに思いがけないことが起きて、いや、当方の過失といえば過失なのだが……」

横田はそこでいったん言葉を切った。そしてさらに低い声でつづけた。

「なにせ、思いもよらぬことだったもので、貴殿にもお話申し上げるのが筋だろうと思いましてな」

「小日向というと、例の異人に何事か起きましたか」

と白石は言った。眉(まゆ)をひそめたのは、シドッチが大病をわずらうか何かしたのではないかという想像が働いたためである。

いかにも、と横田は言った。だがつぎに横田がつづけた言葉は、白石を動転させるものだった。

「切支丹屋敷に、長助、はるという夫婦者がいて、雑用を足しておる。この二人が、屋敷に幽閉してあるあの異人シドッチより、切支丹の洗礼を受けていたことが判明いたしたのだ」

「なんと」

と白石は言った。呆然と横田を見た。しかしすぐに、あの男、やはりやったかという気もした。

四年前の宝永六年のちょうどいまごろ、白石は小日向の切支丹屋敷に行ってシドッチを訊問した。そして訊問の結果にもとづいて、シドッチを潜入宣教師ではなく、ローマ国から派遣された使者であると断定し、殺さずに本国ローマに送還するか、または小日向に囚禁するのが妥当である旨を、家宣に上書している。

その結果、シドッチはいまも屋敷に囚禁されているのだが、家宣に提出する書類を作成したとき、白石はシドッチを布教のために潜入して来た人間でないと信じたわけではさらさらなかった。むしろ逆である。自分はローマ国王から派遣された使者であり、日本が現在の国禁をゆるめることを請願に来た者だとシドッチは弁明したのだが、訊問の間に切支丹の教えについて語る場面にさしかかったときのその男の口吻は、さきの弁明を裏切ってほとんど狂熱的なものだったのである。

白石のみるところ、シドッチは紛れもない潜入宣教師だった。一歩を譲っても、日本がその後布教にふさわしく変化したかどうかを確かめるべく、狂熱の信仰を胸に隠して潜入して来た男だった。

にもかかわらず、白石があえて寛大な処分を上申したのは、シドッチの人物と持てる該博な知識に魅せられたからである。切支丹の信仰という不可解な一点をのぞけば、シドッチは地理天文から世界各国の情勢にまで通じる知識人で、かつ礼儀正しい君子人だった。切支丹宣教師として厳罰を加えるのは、いかにも忍びなかったのである。

そういうシドッチが、機会をつかんで人に信仰を吹きこんだのは、決してあり得ないことではなかった。ただ白石は、四年前の訊問のあとも数度切支丹屋敷をおとずれ、シドッチから海外の知識を得ていたこともあって、シドッチの信仰のことは、かえって念頭からすっぽりと抜け落ちていた嫌いがある。

横田の言葉に、不意打ちを喰らった感じは否めなかった。

「いや、おどろきましたな」

ようやく白石は言った。

「信仰厚い男らしいと思わぬでもありませんでしたが、しかしあそこに閉じこめておけば、まず大丈夫と思っていたのですが……」

「さよう、さよう」

横田は穏やかに合槌を打った。

「さすがにあの者らは、思い切ったことをいたす。油断はなりませんな」

「ところで、処分の方は……」

白石は横田を見た。

「いかがなりますかな。とても無事には済みますまい」

「それについてはこれから協議いたす」

と横田は言った。そしてつけ加えた。

「事の次第によっては、筑州どののお考えも聞かせてもらわねばならん。そういうことで今日は知らせに参った次第だ」

横田が帰ったあとも、白石はしばらくは仕事が手につかず、考えに耽った。シドッチの処分に関する上書を書いたとき、ふと、この男の真相について見落としていることがあるのではないかといった、胸騒ぎに似たものを感じたことが思い出された。

――あれは結局……。

このことだったのかも知れない、と白石は思っていた。教養ある君子人という見かけとはべつに、シドッチの言動には白石に理解しがたい、暗い情熱といったようなものが垣間（かいま）みられたこともたしかだったのである。今度は、それがついに表に出て来たということだろう。

この事件は、やはり自分に不利をもたらすことになるのだろうか、と白石は思った。シドッチに対する四年前の寛大な処分は、ほかに指摘されるまでもなく白石の責任である。何らかの形で、その点を咎（とが）められるということはあり得ないことではないという気がした。

そういう白石の考えは、間部や自分、つまり家宣時代の政治を牛耳（ぎゅうじ）って来た者に反感を持つ勢力が、いまや公然と姿を現わし、隙（すき）があれば自分たちの足をひっぱろうとしているのが現状だという認識から来ている。白石はむかしにくらべると、ずっと用心深くなっていた。突然に横田が現われたのも、ひょっとするとそのことの予告を兼ねていたのかも知れない、とさえ思った。

もっとも、そこまで考えるとさすがに白石も考え過ぎという気がして、手を書類にもどしたが、そういういわば深読みまでしてしまうのも、白石が提案した改貨事業が滞ったままになっていることと無関係ではないかも知れなかった。

八方手詰まり、という気がして来た。白石はもう一度筆を置くと、横田由松が出て行った襖のあたりに、ぼんやりと視線を投げた。めずらしく胸の中に焦りを感じていた。

四十四

「お寒うございましたでしょう」

下城して来た白石を玄関で迎えると、妻女はそう犒いながら土間に降りて来て、濡れた合羽を脱がせた。

「わるい空模様になりました」

「季節には少々早い霙だ」

と白石も言った。

今日は朝から小雨が降る底つめたい日だったが、昼過ぎになると雨雲はいよいよ厚くなって、まだ八ツ（午後二時）というころに、江戸の町は日暮のように小暗くなった。そして日暮近くなると、降りつづく雨に霙がまじって来たのである。

「でも、お早いお帰りでようございました」

書斎に行く白石に従いながら、妻女が言った。妻女はいつも白石の持病を案じていて、今日のようににわかに冷えると心配でならないらしかった。

それとない会話で、身体のぐあいをさぐっているのがわかったが、白石は無視してべつのことを言った。

「後で萩原源左衛門が来る。それよ、来るのは六ツ半（午後七時）ごろになるかも知れぬが、夜食と……」

少し考えてからつけ足した。

「酒を少々用意しろ。肴は何でもよかろう」

「かしこまりました」

と妻女は言ったが、声音にほっとしたような感じが現われた。酒を飲むというのだから、ぐあいはわるくないのだと思ったかも知れない。

書斎は炭火であたたまっていた。白石は一人になると、火桶の上で手を揉んだ。たしかに、外は妻女が心配するほどに寒かったが、身体のぐあいはわるくなかった。白石はむしろ、最近になかったほどに気力が充実しているのを感じる。その原因が、城から持ち帰って机にのせてある袱紗包みの中にあることもわかっていた。

身体があたたまったので、白石は袱紗を解いて包んである書状と書類を手に取った。

書状の方は、京都に住む鷲津見源太郎という旧知の呉服商人から白石にあてたものであり、書類は泉州堺の商人谷長右衛門安殷という者が書き上げた、金銀改鋳に関する意見書だった。

鷲津見は幕府の御用商人でもあるので、話題になっている金銀改鋳の事業にも無関心ではいられなかったらしく、谷安殷がそれについてすぐれた意見を持っているのを知ると、意見書にまとめさせて白石に送って来たのである。

白石を喜ばせたのは、その意見書の内容だった。そこには白石の改鋳案である「改貨議」の弱点を補ってお釣りが来るような、すぐれた具体策が記されていたのである。

白石が閣議に提出した金、銀改鋳案の骨子は簡明なものだった。金、銀貨の質を旧にもどして、元禄以後の悪改鋳で失なわれた通貨の信用を回復することである。そのためには、金、銀貨を慶長の古法にもどすこと、幕府は改鋳に要する掛り費用を惜しまぬこと、改鋳によって庶民が利益を奪われないこと、改貨事業にたずさわる役人を厳選すべきこと、最後に誠信を失なうべからざることが肝要だと論じ、その具体化にあたっては銀鈔の発行などを提唱した。

銀鈔は金銀の兌換紙幣で、財政困難な幕府が、改貨事業を円滑にすすめるために必要なすべての費用を、手落ちなく準備することは到底不可能なので、兌換紙幣をもって一時的に元禄以降の悪質貨幣を回収しようというのである。白石は銀鈔による悪質貨幣の回収に十年を要し、さらに新たに鋳造される良質貨幣と銀鈔を交換するのに十年かかるだろうと予想していた。

白石の「改貨議」は以上のような内容を骨子として、改貨事業の必要性から元禄改貨の批判、これまで提出されている改貨論議の検討と批判から、具体的な改鋳の方法まで述べているもので、まずはもとめられる限りのすぐれた改貨論というべきものだった。

しかし悪貨といえども通貨は通貨で、それは世を支える生きものだった。白石の改貨論議が世に洩れると、早速に一部で物が値上がりする現象が現われた。通貨に対する信用が揺らぎはじめたのである。その敏感な反応は、白石の予想を越えていた。

白石が採用しようとした銀鈔の発行は、世に通用している藩札と同種同質のものであり、実現不可能な新規なものというわけではなかった。

しかしこれを一時的にせよ天下の通貨として代用させるためには、発行元である幕府に対する使用者の絶対の信頼が必要であり、もちろん偽(にせ)銀鈔などというものが出て来てはならないという、高度に倫理的な条件が必要だった。そういう角度からみれば、銀鈔発行を条件とする改貨事業というものは一種の理想論の趣きがあって、うわさが洩れただけで通貨不安が起きる状況の中では、まず実施不可能な案と言えた。

改貨事業が、白石の「改貨議」を前に置いたままじっと停滞していることについて、閣内の反発も多少はあるのではないかと疑っているようだったが、最近の白石には、間部はそれの発案者が白石で、もっとも熱心な推進者が自分であることに対する、

「改貨議」の弱点がはっきり見えていた。

銀鈔の発行は、いまの脆弱な幕府の財力で、改貨という一大事業を成しとげるための理想的な方法だったが、同時にその方法こそ白石の改貨論の最大の弱点だったのである。

谷安殷の意見書には、銀鈔を使用せず、しかもいまの幕府の財力を勘案した上で実現可能な方法が記されていた。しかも記されている提案はあくまでも現実的で、そこのところが、やや観念過多の気味がないとはいえない白石の持論の欠点をぴったりと補って、「改貨議」に新しい命を吹きこむものにもなっているのだった。

白石は何としても改貨事業を成しとげたかった。通貨の問題は故家宣が死にのぞんで遺言したことであり、また否定しなければならない綱吉治世の最後の悪しき遺物でもあった。

もっとも、それだけが白石を改貨にむかわせるのではなかった。一代の政治にかか

わり合って来た者として、白石は現行の通貨の歪みを何としても無視出来ないのである。庶民の暮らしを圧迫している悪貨を、正常な、本来あるべき姿にもどすのは政治家の使命だった。だから白石は、あるときは昂然と、仕とげればそれは後世に残る事業となるはずだと思うのである。

しかし白石は、自分が物の動き、通貨の動き、すなわち世の経済の仕組みを見きわめるということでは、いわゆる〝その道の人〟ではないことを承知していた。だから「改貨議」を提出するにあたって、衆知をもって議定すべきことを提案したのである。

谷安殿の意見書は、それからおよそ半年を経て寄せられた、もっとも聞くべき意見だったのである。八方ふさがりと思われた局面が、谷の提案を得て、にわかに動き出しそうな予感がした。白石はその意見書を、はやく萩原美雅に見せたかった。

その萩原が来たのは、六ツ半（午後七時）をやや回ったかと思われる時刻だった。

「夜食はまだだろうな」

座を占めた萩原に、白石は言った。

「まだにござります」

「それでは後で飯を出して進ぜるが、その前にこれを……」

と言って、白石は谷安殿の意見書を渡した。

「ざっと読んでいただきたい」

「拝見いたします」

萩原は、婢がはこんで来た茶にも手を出さずに渡された意見書に目を落とした。谷の意見書は紙縒で綴じた、かなり厚いものである。二、三枚読みすすんでから、萩原は軽く咳ばらいをした。そして鋭い一瞥を白石に投げると、あとは顔も上げずに書類に読み耽った。

萩原美雅は二十四のときに御勘定方に登用され、以来御蔵奉行、御勘定組頭を歴任して、昨年七月、白石の献言で新設された勘定吟味役にすすんでいる。そして先月からは改貨事業の担当を命ぜられて、秋元喬知の指揮下に入っていた。

萩原は四十半ばの男盛りで、大きな身体はいかにも男くさいが、しかし頭は緻密で、清潔な人物には定評があった。勘定吟味役に推されて加増を受け、五百石の布衣となったこの気鋭の良吏を、白石は深く信頼していた。

「これは、これは……」

意見書を読み終った萩原は、顔色をほころばせて白石を見た。

「さすがに経済の実地に身を置いている者の考えは違いますな。なかなかに有用の意見と思われますが、ご感想は？」

「わしもおどろいている」

と白石は言った。

「野に遺賢ありだな。谷の提案は、わしの『改貨議』の欠点を見事に補っておる」

「そのとおりです。恐れながら合わせて用いれば、改貨の御事業は難なく動き出すのではないでしょうか」

萩原は言い、また一瞬鋭い目で白石を見た。

「銀鈔の計画は捨てるには惜しいものですが、実施にあたっての難所でもありました」

「きれいごとに過ぎたのだ」

と白石は言った。

「今日登城して間部さまにも、その意見書をお見せして参った」

「いかが仰（おお）せられましたか」

「説明すると、非常に喜ばれた。『改貨議』とこれを二本の柱にしてすすめようと申された」

「おそらく……」

と言いながら、萩原は貴重な品を扱うような手つきで、谷の意見書をそっと白石にもどした。

「ほかの方々も異論はないものと思われます」

「ところで、この谷という男を江戸に呼んで、直接に意見を聞いてみたいのだが、どうだろう」

「それはよいお考えと存じます」

萩原は言ってから、谷長右衛門、はてといまごろになって首をかしげている。

「どうかしたか」

「いえ、どこかで耳にした名前のようでもありますが、思い違いかも知れません」

「その男が来るまでに……」

白石は声をひそめた。

「少し銀座の者たちの意見を聞いてみてくれぬか。もっとも変なふうに外に洩れると、またもや世の中がおかしなぐあいになるかも知れん。谷のことも意見書のことも一切伏せたままで、ただ方法についてだけ、さりげなく質してみるのだ」

「かしこまりました。おまかせください」

「銀座の反応をみ、谷の直接の話も聞いた上で、大丈夫と見きわめがついたところで、秋元さままで申し上げよう」

「手固いことでござりますな」

「いや、これだけはいくら慎重にしても、過ぎるということはない。貴公もそのぐらいのつもりでおられよ」

と白石は言った。萩原との話は、それで一段落だった。白石は立って廊下に出ると、人を呼んで書斎に夜食と酒をはこぶように言いつけた。

座にもどった白石は、萩原に楽にするように言ってから、ぐっと内輪の口調になった。

「ところで近ごろ、そこもとの目につくような変った動きはないかの」

「されば……」

萩原は慎重な顔色になった。

「このところ、御目付衆の一部にあわただしい動きがあるようです」

「ほう」

「何か、お心あたりは？」

「御目付自身かの、それとも御徒目付（おかち）あたりかの、動いているのは」

「御徒目付です」

「さて、何だろう」

「内偵がすすんでいる銀座役人のかかわりあいかと思いましたが、どうもそれだけではないようです」

四十五

暮の内に、白石は秋元喬知以下の改貨事業担当者に、谷安殿の改貨意見を説明し、これと提出してある「改貨議」の案を併用することを具申して、承認された。新しい年を迎えて、改貨事業がいよいよ動き出すことは間違いないという感触を得て、白石はひと息ついたのだった。

ところが、明けた正徳四年という年は、白石の身辺に予想以上に、何となくあわただしい空気が押し寄せる年になったのである。

最初の事件は、思いがけない方向からやって来た。家継の生母月光院附きの年寄である絵島(えじま)、ほかの大奥の女中たちが素行を咎められて町奉行の取調べを受けることになったのである。

事件の発端は、一月十二日に増上寺の家宣廟(びょう)に代参に出かけた絵島の一行が、帰途木挽町(こびきちょう)の芝居小屋山村座に立ち寄り、二階桟敷(さじき)を借り切って遊興したことからはじまった。

おとなしく芝居を見るだけなら、何事も起こらなかったに違いない。しかし奥女中たちの芝居見物は、そういう行儀のよいものではなかった。桟敷にお茶屋から酒や肴を取りよせ、幕間に生島新五郎、中村源太郎など、座の人気役者が顔を出すと、それに酒の酌をさせて、女中たちの歓楽ぶりはほかの見物客の顰蹙を買うほどに乱れたものになった。

一行に随行していた徒目付が、見兼ねて注意すると、酔った女中たちはその徒目付に悪態をついた。女たちは日ごろ男子禁制の大奥に暮らして鬱屈しているので、いったん歯止めがはずされると楽しみをもとめて傍若無人になるのだった。

絵島は才色兼備の、弁舌さわやかな女で、事を処理するにあたっては流れるように遅滞がなかった。将軍生母附きの年寄として、大奥では最高の権力者でもあった。絵島は酔って乱れる女中たちを笑って眺め、自分もたのしんで悠々と引き揚げたが、この日一行が大奥に帰ったのは御錠口が閉まる暮六ツぎりぎりだった。

そのことが翌日になって城内の問題となり、絵島たち芝居見物に行った奥女中の主だった者が取調べを受けることになった。そして二十日後の二月二日に、絵島は中臈の宮路と一緒に、上野寛永寺で親戚預けの処罰を言い渡される。ほかに梅山、吉川らの奥女中七人も禁錮の言い渡しを受けた。社寺参詣の帰りに芝居見物に回り、そこで大奥の出入り商人の饗応で酒食を執ったり、役者遊びをたのしんだりするのは、大奥女中たちの半ば公然の息抜きだった。絵島だけが羽目をはずしたわけではなく、そういう意味ではたまたま咎められて処罰されたのは絵島たちの不運と見る者もいた。

ところが事件はそれで終ったのではなく、そこから異様な展開をみせることになったのである。

山村座をはじめ、江戸四座に町奉行の手が入り、生島新五郎、山村座の座付き狂言作者中村清五郎などがつぎつぎと牢に入れられ、取調べはさらに絵島を中心にする大奥の収賄関係の摘発にすすんで行った。その結果、絵島が再度罪に問われることになったのはもちろんのこと、絵島の兄白井平右衛門、弟豊島平八郎や関係役人、御用商人の後藤縫殿助、栂屋善六などを巻きこむ大裁判がはじまったのである。

取調べの中心にいたのは町奉行坪内能登守定鑑だったが、取調べの事実上の担当者は御目付の稲生次郎右衛門正武だった。稲生はのちに、世の流言、捨て文などを収録した書物の中で、「人をはめるもの　落し穴と稲生次郎右衛門」と評された人物だった。

二月の二十八日に、白石は間部詮房の急な呼び出しを受けて登城した。時刻は七ツ（午後四時）で、春の光がただよい揺れている戸外から城の中奥に入ると、にわかに冬の名残りの底冷えを感じるようだった。

しかし底冷えはただの感じだけでなかったらしく、自分の部屋で白石を迎えた間部は、小さな手焙(てあぶ)りを抱えるようにしていた。

「突然に使いして、申しわけなかった」

と間部は言ったが、その顔がめずらしく憔悴(しょうすい)しているのに白石は気づいた。間部の顔は艶(つや)を失ない、頬の肉がはっきりと落ちている。

白石が、長崎貿易のことを調べておりましたが、いそぎの調べというわけではなく、城に登るのはなんでもないことだと言うと、間部はようやくいつもの微笑を顔にうかべた。しかし、すぐにその笑いを消して言った。

「坪内が大奥のことを調べているのは、むろん聞いておるだろうな」

「およそは……」

「大奥の乱れはそこもとが先に警告したことだが、先のお上の英明を以(もっ)てしても、十分に押さえ切れなかったものだ。その報いがいまごろになって来た」

「……」

「しかし、いま坪内が取調べている賄賂云々のことは、多くは古くからのしきたり。よいこととは言えぬが、いま司直がにわかに取り上げて刑をあてはめるような事柄ではない」

白石は沈黙したまま、間部の言い分を聞く姿勢を示した。間部がつづけた。

「また、表向きは町奉行が裁判をすすめていることになっているが、事実はさにあらず、実際の取調べは目付の稲生次郎右衛門、丸毛五郎兵衛の両人が行なっておる。これは、耳にいたしたか」

「うすうす……」

「ほかにも不審がある」

と言って、間部は鋭い目で白石を見た。その目がわずかに充血しているようだった。

「耳にいたした限りでは、取調べの進行がまことに速い。かねてのもくろみがあったかのようだ」

「…………」

このとき白石の頭に、萩原美雅が言った御目付衆の動きがあわただしいという言葉がちらと浮かんだ。あれはこのことだったのだろうかと思ったとき、間部が言った。

「こういうことを考え合わせると、むこうの真意もおよそは知れて来るというものだ」

「御生母さまの勢力を削ぐ、ということですか」

鍋松が将軍家継となるにしたがって、生母である月光院の大奥における勢力は肥大し、相対的に家宣御台所だった天英院、側室の法心院、蓮浄院らの権威は低下した。そして力関係のその急激な変化は、大奥の中に月光院とその周囲に対する嫉視と憎しみを生み出したことを、むろん白石は承知していた。

月光院がもっとも信頼する年寄絵島を、法廷に引き出して罪人の極印を打つことが出来れば、それは月光院が誇る権力に対する一大打撃になるはずだった。

白石がそう言うと、間部はうなずいた。そして、低い声で狙われているのは御生母だけでなく、この間部、そしてそこもともだと言った。

「以前筑州に、門閥の跡つぎに仕事の出来る者はおらぬと申したろう」

「はい」

「ところがむこうはむこうで、由緒正しい譜代ほど、われらのような成り上がりを蛇蝎のごとく嫌うのだ。人は、既得の権益を余人に侵されるのを好まぬ」

間部は述懐口調で言い、御生母さまもそこもとも成り上がり、それぞれに先にありし人の権益を侵したことは疑いないことだとつけ加えた。

しかし、門閥に傲るだけで無能な男たちに対しては、亡き家宣がもっとも不快感を示したのだと白石が思ったとき、間部が姿勢を正した。

「いや、来てもらったのは、じつは相談したいことがあったからだ」

「何事なりと」

「洩れて来た話によると、このたびの裁判の判決言い渡しは来月五日になるらしい」

「それはいかにもはやい」

と白石は言った。間部が言ったように、取調べはかつてない手際よさですすんでいるようである。間部を見ると、間部もじっと白石を見ていた。そして問題があると言った。

「その判決で、絵島どのは死罪を言い渡されるらしい」

「それは……」

と言ったまま、白石は絶句した。

収賄の罪の全貌は知る由もなかったが、しかし大奥で動く賄賂というものは、さっき間部が言ったように、古くからあったいわば悪しき慣例である。情状酌量の余地はあるはずだった。

そして絵島の罪の重さが、たとえば先の不行跡の罪を加算されたせいだとしても、幕府の法には女は法の外という考え方がある、と白石は思った。弱者に憐(あわ)れみをかけるのは、幕法の建前である。その考え方に従って、かりに男女が協力して罪を犯し、男が死罪になる場合でも、女がともに死罪になることはない。

――しかるに、絵島どのを死罪とは……。

いったい何を考えているのかと、白石ははじめて御目付稲生正武の背後にいる勢力の意図を疑った。無気味な気がした。

将軍御生母や間部、ひいては自分の勢いを削ぐために、そこまでやる必要がはたしてあるのかと、白石が考えに沈んでいると、間部が、死罪は何としても阻(はば)まねばならぬと言った。間部は充血した目を鋭く白石にそそいでいた。

「黙視すれば、御生母の面目が丸つぶれになるだけでない、やがてはわれわれの地位も危うくなろう」

「しかし、そのような手段がござりましょうか」

「将軍家のお言葉をいただいて、罪一等を減じさせる」

「……………」

「相談したいのはそのことだ。どう思うか」

「されば……」

白石はうつむいて、膝に目を落とした。部屋の中にはかすかに夕闇が入りこんで来ていたが、間部が人払いしているのか、部屋には誰も入って来なかった。しかし、まだ灯がいるほどではなかった。

――将軍家のお言葉か。

家継は今年六歳の男子である。将軍のお言葉といってもそれは建前で、内実は月光院の考えであり、間部の考えであることは、誰の目にもすぐに明らかになることだった。

むろん間部はそれを承知していて、将軍の名で判決に口を入れることの得失を聞いているのだった。

「将軍家のお言葉、すなわち越前さまのお考えであることはすぐに知れます」

「さよう、すぐに知れる」

「しかしながら、将軍家のお言葉を無視することは、何びとにも出来ません」

と白石は言った。

「お言葉を下されれば、絵島どのの死罪は停止となるでしょう。名案です。ただし得失はそのあとのことになりましょう」

「たとえば？」

「事はおそらく成就するでしょうが、相手にはかなり憎まれるかも知れません」

「もう、憎まれておる」

「つまり、後のお仕事がやりにくくなるかも知れないということですが……」

間部は顔をうつむけて考えこんだが、すぐに顔を上げて、さっきより明るい声を出した。

「背に腹はかえられぬ。やってみよう。恐れながら将軍家は、わが手の中にある。これだけはわが方の誰にも負けぬ有利な立場だ。この手駒を使うほかはない」

「しかし度重なれば、むこうも対策を講じますぞ」

「そうだろうな。めったには抜けぬ伝家の宝刀だが、ありがたいことにその刀はまだわが方にある」

白石が佐吉を供に屋敷にもどったのは五ツ（午後八時）ごろ。玄関に入ると、家の中が何となくあわただしかった。玄関に人が出て来るのも、いつもより遅れた。

「何かあったのか」

白石が言うと、妻女が刀を受け取りながら、ついさっきまでお医者が来ていたのですと言った。振りむくと、妻女は額のあたりにうっすらと汗をかいているようだった。

「誰だ？」

「百助（宜卿）です」

「倒れたのか？」

「はい、にわかに高い熱が出まして」

「どれ、見舞って行こう」

「いまは眠っておりますが……」

「様子を見るだけでいい」

　と白石は言った。

　宜卿は、仰向けに眠っていた。夜具の上からもいかにも嵩のないうすい身体つきはわかった。行燈の光に照らされた顔が青白く、そばに坐った長が、その額に濡れ手拭いをあてているところだった。

「お長、ごくろうだの」

　娘に声をかけて、白石は襖をしめた。うしろに妻女をしたがえて、書斎にむかった。

「医者は何と言っている」

「風邪から来た五臓の疲れと申しておりました」

「いまごろ、風邪か」

　と白石は言った。

宜卿の病弱ぶりは歯がゆかったが、しかしそれも父親の体質を受けついだかと思えば、不愍でならなかった。これでは、まだまだ老いるわけにはいかんぞと思ったが、気持は湿ったままだった。齢をとると、子供の病弱は身にこたえるようだった。

すると、白石のそういう気分を察したように、うしろから妻女が声をかけて来た。

「お医者は、薬を絶やさなければ、大事なく癒えるだろうと申しておりました。あまり気になさいますな」

白石は無言だったが、この女子は若いころから人を力づけるのが上手だったと思った。すると自然に微笑がうかんで来て、白石は笑いを嚙み殺したが、それと一緒に前触れもなく目頭が熱くなったのにおどろいた。

白石は咳ばらいした。そして言った。

「これはいかん。百助に風邪をもらったかの」

四十六

間部が打った将軍の特旨という非常手段によって、絵島は危うく死一等を減じられて、死罪から遠島に変った。そしてさらにその七日後には、月光院の歎願で遠島をまぬがれ、信州高遠藩に預けられることになるのだが、それより前に、絵島と一緒に判決を受けた者たちの運命は悲惨だった。

言い渡しが行なわれたのは間部が言ったように三月五日で、絵島の兄白井平右衛門が死罪、御本丸留守居平田伊右衛門、奥医師奥山交竹院、小普請方金井六右衛門、栂屋善六、後藤縫殿助手代清助などが贈収賄の関係で遠島、また後藤縫殿助は閉門、交竹院の弟で水戸藩の御徒頭である奥山喜内は、藩に引き渡されたあと死罪、絵島の弟豊島平八郎は追放刑に処せられた。

また芝居者関係では、山村座の座元山村長太夫、座付き作者中村清五郎、役者生島新五郎が遠島、市村竹之丞座の滝井半四郎は追放となり、山村座は取り潰された。このようにして絵島を中心にしたこの疑獄には、奥女中三百余人を含む千五百人ほどの人間が連座して、何らかの罰を受けたのである。

絵島とその関係者に言い渡しが行なわれる二日前のことである。白石は登城していて、御納戸前廊下で大目付の横田由松に会った。

横田は一緒に歩いていた男に何事かささやくと、つかつかと白石のそばに来た。

「よいところでお会いした。ちとお話したいことがあるが、おいそがしいか」

「いや、それほどでも」

「では、こちらに来て頂こうか」

と言って、横田は先に立った。そして詰所である芙蓉ノ間に入った。その部屋には、ほかには人がいなかった。

「この間の例の異人のことだ」

坐るとすぐに、横田は言った。大目付の詰め部屋の畳はつめたかった。

「ようやく処分が決まって、一昨日言い渡しが済みましてな。まずはほっといたした」

「それは、お疲れでございました」

と白石は言った。あのとき、処分については白石の意見も聞くかも知れないと言ったので、横田は律儀に事後報告をするつもりらしかった。

「で、いかようなことになりましたか」

「あの屋敷には、地下牢がござる。そこに幽閉することといたした」

「ははあ、地下牢に……」

白石はつぶやいた。

法を破って、屋敷の使用人に洗礼を授けたからには、シドッチの処分はもっと重いものになる可能性もあったのである。それが地下牢に移されただけで済んだということとは、ひとまず命に別条はなかったことになる、と白石は思ったが、それは安堵(あんど)にはならず、胸が痛んだ。

あのシドッチが、ついに日の射(さ)さないところで、生涯を終ることになるのかと思ったのである。何かよほどのことがない限り、シドッチが赦(ゆる)されて地上にもどることは、まずあり得ないことだった。

顔を上げると、横田がじっと白石を見ていた。横田は眉毛(まゆげ)まで半ば白くなっているが、そうして人を凝視する目は鋭かった。しかし横田はおだやかに言葉をつづけた。

「異人を地下牢におろすのがひと仕事であった」

横田は立ち会って、シドッチが地下牢に移されるところまで見届けたのだが、あれだけの賢い人間だから、おとなしく判決を受け入れるだろうという横田の予想は大いにはずれた。

通辞に、地下牢に移される旨(むね)を通訳させたところまでは、シドッチは神妙に頭(こうべ)を垂れていたのだが、いざ足軽同心が引立てるべく身体に手をかけると、猛然と躍り上がってあらがった。

足軽同心と小者ら、屈強の男たちが五人も組みついて、引きずるようにしてようやく地下牢におろしたのだが、その間シドッチは日ごろの物静かな表情が一変して悪鬼の形相に変った。そして大音にののしりさわぎ、さらに洗礼をさずけた長助夫婦の名前を呼んでやめなかった。

「ほほう」

思わぬ話に、白石は目をみはった。

「ののしるとは、誰を？」

「われわれを、でしょうな」

と横田は言った。あるいは苦笑すべきところかも知れなかったが、横田由松は笑わない人間である。ただしぶい顔をした。

「かの国の言葉もまじえてののしるのだが、通辞が言うには、いまに神が罰を下されると申したそうだ。そしてその合間には、長助さん、おはるさん、神を信じなさい、たとえ死に至るとも信仰を捨てなさるなと呼ばわる。いやじつに、鬼気迫るとでも申そうか」

「…………」

「今朝とどいた報告によると、この狂態が、じつに夜もやまずにつづいておるそうだ。この男狂ったかと申す者もいたが、わしのみるところはそうではない。伴天連（バテレン）の本性を現わしたにすぎぬという気がいたした」

本性を現わしたか、と横田の部屋を出て中ノ口に帰りながら、白石は考えている。シドッチは、やはりこの国に神への信仰を語るために来たのだと、改めて思った。そういうことから言えば、世界についての知識を語り合って肝胆相照らしたように思っていた白石は、シドッチからみればただの異邦人に過ぎず、信仰を受けいれた長助夫婦の方がはるかに身近な存在だったはずである。

その認識にはいささかさびしい気分が含まれていたが、地下牢に移されて、日夜信仰を捨てるなと呼びかけているシドッチが、以前よりも遠くなった感触は否(いな)めなかった。ちょうど異国の神が白石の心情から遠い存在であるように。シドッチは、長助夫婦が自首して信仰を棄(す)てたことを知っているだろうか、と白石は思った。

大目付の横田由松は、シドッチが切支丹(キリシタン)屋敷の使用人に洗礼を授けた一件の始終を、くわしく語って聞かせたものの、シドッチには寛大な処分でのぞむべきだと進言した白石の四年前の上書には一言も触れなかった。

しかし触れなくとも、横田の胸中にそのことが蟠(わだかま)っているだろうことは想像に難くなかった。

——知らせたのは……。

大目付の好意ではないか、と白石は思っている。シドッチの一件は現場で、切支丹屋敷の一事件として処理出来た。しかしあなたが進言したシドッチ処分は失策だった。ことの真相を見誤られた。つまりここにも、わずかながら逆風が吹いた。そのことをあなたは承知しておく方がいいのではないか、と横田由松は警告したようでもあった。切支丹の禁制は、いまなお軽からざる扱いをされる法である。政敵がその気になれば、シドッチの一件を利用して白石をいまの地位から追い落とすことなど、わけもないことだろう。

もっとも横田は、白石のそんな思い込みとはまったくかかわりがなく、ごく単純にともに調べを行なったシドッチ事件が、その後意外な展開を示したのにおどろいて知らせに来たのかも知れなかった。むしろそれが真相だろう。

意味ありげに思われるのは、間部と絵島の一件で話し合った後なので、われながら気持が用心深くなっているためではないかと白石は思い直したのであった。

しかしそう思い直しても、大奥を震撼（しんかん）させた絵島の一件の無気味な印象に変りはなかった。白石は息を殺して、その推移を見守った。

だが絵島をめぐる取調べは、大奥の規律の乱れ、賄賂の横行の咎（とが）めを超えて、間部や白石、あるいはその故家宣（いえのぶ）側近の者に何らかの余波がおよぶというところまでは行かず、白石が横田からシドッチの消息を聞いた二日後には、判決が出た。

判決の日、絵島は顔に薄化粧をほどこし、白の小袖を二つ重ねて着てその上にうつくしい掻取りを羽織り、落ちついた態度で判決を聞いたという。言い渡しの後、縁側から白洲におろされて獄舎に連れ去られたが、大奥老女の威厳のある態度は最後まで変らなかったと、後でうわさになった。

そしてさらに二十日ほど経た三月二十六日、その間に月光院の歎願で罪を減じられた絵島は、罪人を移送する駕籠で信州高遠藩に送られ、同じ日遠島の判決を受けた生島新五郎、山村長太夫、中村清五郎らの芝居関係者、平田伊右衛門、奥山交竹院ら賄賂関係者をはこぶ流人船が、深川越中島を出て行った。行く先は大島、三宅島、御蔵島などだった。

絵島事件はこのような形で一段落し、間部や白石に愁眉をひらかせたのだが、この前後に、身辺を吹いている風がつめたい逆風だけではないと思わせることが起きた。もとの勘定奉行荻原重秀の子源八郎乗秀が、采地三千七百石のうち、三千石を削られた上に小普請入りを命ぜられたのがそのひとつである。三月十五日のことだった。

荻原重秀が白石の決死の上申によって、ついに勘定奉行の職を免ぜられたのが二年前の九月、そして昨年九月には荻原ははやくも鬼籍の人となった。巧みに罪をのがれた感じだったが、荻原が勘定奉行の職から逐われてからじつに一年半後に、ようやく荻原に対する正当な処分が下されたと人々は感じたのである。

ついで幕府は、五月十三日に銀座関係者を処分した。勘定奉行の荻原重秀に協力して、違法の金銀改鋳を行ない、事業から不当に私の利益をむさぼったことを咎めたもので、銀座年寄深江庄左衛門、中村四郎右衛門、関善左衛門、細谷太郎左衛門の四名は遠島、ほかに中村内蔵助、細谷の子息太郎兵衛、内蔵助の子息時之助の三名が追放になった。

同時に幕府役人では勘定組頭保木公遠、同じく小宮山昌言の二人が逼塞を命ぜられた。二人ははやくから幕府の金銀改鋳に関与して来た人間だったが、処罰の直接の理由は、荻原に加担して銀座に下す命令書に連署し、劣悪な三ツ宝銀、四ツ宝銀などを作らせて重症の物価騰貴をもたらしたことを咎められたものである。

銀座関係者の一連の悪事解明は、白石の強くのぞんだことで、白石や間部の政策に好意的な秋元喬知の折りにふれてのテコ入れもあって、ようやく処罰まで漕ぎつけたものだった。吹く風が逆風ばかりでないというのは、こういう事情がもたらした感想だった。

もっとも、新たな金銀改鋳の総指揮を取る秋元としても、事業にとりかかる前に、ぜひとも銀座にひそむ根深い病弊を一掃しておく必要があったはずである。

銀座年寄の深江庄左衛門が、自身で書き記した帳簿が手に入って、荻原重秀を頂点とする銀座の悪事がほぼあきらかになったころ、幕閣の中には、天下に災いを招いた罪は重い、みな首をはねてしまえと極言する者がいた。

しかし白石は、悪事の主犯は荻原であるという見解を示し、他は共犯であり、縁坐（えんざ）であり、罪は一様でないのに主犯の荻原はすでに病死して死罪を免れている。他を死罪にするのであれば、荻原もまた棺（ひつぎ）をあばいて屍（かばね）を世の人のさらしものにしなければならない道理だ。そこまでする必要があろうかと、寛大な処分を提言した。罰すべきを罰して、貨幣事業にかかわる者の姿勢をただすことが出来れば十分だと判断したのである。

白石が提唱した金銀貨を古法にもどす改貨事業は、銀座関係者の処分が発表された二日後の五月十五日に、大々的に触れ出された。待ちのぞんでいた事業が、いよいよ滑り出したのである。

その様子を眺めながら、白石は懸案の長崎貿易令の検討に取りかかった。

長崎貿易は、前将軍家宣が将軍職を継いだその年に、長崎奉行から訴えがあったように、貿易に必要な銅の不足から貿易そのものが停滞しがちで、貿易から上がる利益に頼っている長崎市民は生活難に陥るという状況になっていた。

そして、その状況は簡単には改善出来ない上に、近年は貿易の不首尾で品物を積戻りするほかはない貿易船、清国船、オランダ船による法を無視した密貿易や、苛立ちからする沿岸民に対する無法な振舞いなどが目立つようになっていた。

そういう新しい弊害については、深見玄岱、室鳩巣らが清国人説諭の草案、また白石が諸大名に対策を指示する草案をそれぞれ作成して幕府に提出済みだった。貿易船の無法に対しては、毅然とした態度でのぞむことになるはずだった。

しかし当面の弊害にはそれで対処するとしても、そういう弊害をもたらした長崎貿易の疲弊は、もっと深いところに原因があって、改善策を打ち出すためには慎重な検討を必要とするものだった。

長崎貿易に、貿易額の制限枠を設けたのは、将軍綱吉の治世の初期、貞享二年のことで、年間の貿易額は清国船銀六千貫目、オランダ船三千貫目と定められた。この金額を超えた品物は積戻しを命ぜられた。

しかしこの制限貿易額は、当時の貿易の実勢を把握したものではなかったので、積戻しの品をさばく密貿易がふえ、輸入品は値上がりした。

この状況を見て、制限枠外に銅で品物を買い入れる、代物替というやり方を幕府に願い出る者がいた。すぐには許可にならなかったが、元禄八年に至って江戸の材木商伏見屋四郎兵衛が、運上金千五百両を差し出すことを条件にして、銀一千貫目分の代物替の許可を得ることに成功した。

これが銅による貿易のはじまりだったが、ただし伏見屋の代物替は、長崎商人たちの強い反対によって二年後の元禄十年には姿を消し、年間五千貫まで膨れ上がった代物替貿易は、すべて地元長崎の町の権利となった。町ではその年その代物替から得た利益四万五千両のうち、一万両を地元に配分、残りを運上金とすることを許された。代物替はこれだけの利益を生むものだったのである。

銅による貿易はこういう形で定着したが、清国船はともかく、オランダ人ははじめ銅による取引に乗気でなかった。しかしその後の幕府の貨幣改鋳は、オランダ人の消極的な態度を一変させるものとなったのである。オランダ商館の分析によれば、改鋳された金銀貨は、旧貨幣にくらべて元禄金で三三パーセント、元禄銀で二二パーセントも品位が下がったものだった。

制限枠の貿易を、以後は改鋳金銀貨で行なうように命令を受けた元禄十年から、オランダ側はにわかに銅による取引増加に狂奔するようになる。品質劣悪な金銀貨を嫌ったのである。その結果、当時の長崎貿易における銅の輸出は、中国船、オランダ船を合わせて、元禄八年五百八十六万斤、同九年八百六十六万斤、同十年八百九十万斤、同十一年九百二万斤という額に達した。

こうした状況に対応して、幕府は元禄十年に長崎貿易における銅輸出の最高額を、年間清国船六百四十万二千斤、オランダ船二百五十万斤と定めた。

かなり多額の許容額であるが、最近白石が長崎奉行所の報告から算定したところによると、慶長以来の百七年間に外国に流出した金銀は、慶長以来国内で鋳造された金貨の四分の一、銀貨のおよそ四分の三であった。

こういう状況ははやくから知られていたことであり、銅輸出の最高額をかなりの高位に設定した幕府の考え方の中には、銅の輸出によって、従来のような海外への金銀流出を防ぎたいという思惑があったことは想像に難くなく、また銅取引の増加は、貿易の相手である清国船、オランダ船の要望にも沿ったものだったろう。

むろん最高額を高位に定めても、銅の産出がなければ実行は無理だが、元禄期は銅の産出が最高潮に達した時期で、元禄十三年の諸国一ヵ年の銅産出高は荒銅で八百九十万斤だった。ほかに長崎には元禄八年当時でおよそ六百万斤の売れ残り銅が保存されており、銅による輸出増に十分対応出来るものと考えられたのである。

しかし、事実は銅の産出は元禄十三年ごろにはすでに最高期を迎えていたので、幕府が銅の集荷、鋳造、輸出等の一切を取り扱う大坂銅座を開設した元禄十四年には、皮肉にも銅の産出量、集荷量は次第に下り坂にむかおうとしていたのだった。

銅座にあつまる銅は、宝永五年には六百十二万斤、同六年は七百十六万斤とややふえたものの、翌七年には五百五十五万斤と六百万斤を割った。以後銅不足はジリ貧の一途をたどって、長崎貿易の不振の原因となっているのである。

その悪しき現状を打開して貿易に活気を呼びこむためには、年々わが国に産出する金、銀、銅と、外国に流出する額をつき合わせ、長崎貿易に使用出来る金、銀、銅の額を新たに設定し直すことが必要だった。同時に清国船、オランダ船がはこんで来る積荷の量を算定し、船数と積荷量を決定する。その上で積んで来たものは全部買い取るという原則を確立することである。そうなれば、密貿易などは自然に消滅するだろう、と白石は考えていた。

しかし、それだけわかっていても、簡単には改革に手をつけ得ないのは、そこに品質劣悪な改鋳金、銀貨の問題が絡んでいるせいだった。荻原重秀が行なった金銀改鋳、ことに宝永七年に出た乾字金は、貿易相手のオランダ側の日本に対する信用を、著しく損なうものとなった。

この状況をそのままにして、長崎貿易の改善を考えるのは無理なことだった。新たな金銀改鋳事業と貿易の改善は不可分なものだった。

長崎貿易の疲弊は、故家宣が少なからず気にかけて、白石にも諮問した事項だった。しかし事の性質がそういうものであるために、白石もすぐには手をつけられなかったのだが、しかしいまようやくその時期が到来したことを感じていた。

白石は亡き家宣に、諮問をうけたことを忘れてはいなかった。何としても自分の手で、貿易令の改善をまとめたいと考えていた。

白石が長崎貿易の改善策に、本格的に手をつけはじめたころ、季節は梅雨に入った。鬱陶しく繁り合う庭の木々の上に、夜も昼も雨が降りそそいだ。霧のような雨が薄日に光り、遠くで郭公の声がするときもあれば、調べ物に熱中している深夜、木の葉にたまった雨が一度に落ちて、地面に水をぶちまけたような物音を立てることもあった。

白石がいま調べているのは、今年の二月に長崎奉行所や高木作右衛門以下の長崎町年寄に諮問してあつめた貿易改革に関する回答、意見である。肝心の銅不足についての意見は、ほとんど採用すべきものがなかったが、貿易に関する思いがけない実情なども述べられていて、それはそれで長崎貿易の問題の奥の深さを痛感させるものだった。

たとえば幕府は、六年前の宝永五年にオランダの輸入品に対する定掛り物（品物ごとの関税率）を糸六割、端物三割五分、薬種、荒物五割、人参、麝香、龍脳、牛黄三割五分、鹿皮六割、牛皮八割などと定めた。また私商品である脇荷は当然定掛り物も高く、端物六割五分、薬種、荒物八割五分、人参、麝香、龍脳、牛黄六割五分、鹿皮十割、牛皮十二割である。

ところが、長崎奉行駒木根肥後守、久松忠次郎の回答の中には、この掛り物（関税）に触れて長崎では七割の掛り物を徴収し、これによって長崎市民に配分される金額は年に十一万両ほどになっている実情が述べられていた。

関税の率は実際には輸入される品物の量、それに対する需要の増減によって毎年変動するのが常態だったが、それにしても七割という掛り物は正規の輸入品に対しては高すぎる税率だった。

——こういうところにも……。

改善すべき実態があらわれている、と思いながら白石は意見書から手をひいて、疲れた目をこすった。外の深い闇の中に、また木々が地面に雨を降りこぼす音がした。

四十七

その年の十月二日から、故家宣の三回忌の法要が増上寺で営まれ、十三日の法要には京都から下向した勅使、院使、女院使を迎えて、十四日に終った。

一日おいた十六日に、白石は登城するとすぐに間部詮房（あきふさ）をたずねた。そして辞職を申し入れた。家宣の三回忌を待って、いまの職から身を引きたいという考えは、以前から白石の腹中にあったことだったが、外に洩らしたことはないので、間部のおどろきようはひとかたならないものがあった。

間部は、しばらくは無言でじっと白石を見つめたが、やがて重い口をひらいた。

「突然でおどろく。で、これは三回忌を機にということかの。それとも、ほかにわけがござるか」

「されば……」

白石は顔を上げて言った。

「先年、文昭院さまがおかくれになられました折に、ここで職をひかせて頂こうという気持が、ただごとならず胸に騒いだものでござりました。しかし越前さまもご承知のごとく……」

故家宣の遺言があり、ことに金銀改鋳の事業、長崎貿易の見直しなど、懸案の仕事を打ち捨てて職を降りることは出来かねた、と白石は述懐した。

「しかるに金銀改鋳の仕事は滑り出し、長崎貿易の新令の案もおおよそまとまりました。すなわち文昭院さまに遺託されたそれがしのなすべき仕事はほぼ終り、職を去るにはほどよい時期となったと考えた次第です」

「しかし、金銀改鋳のことはまだ途上、目ばなしはなるまい」

間部は白石から目をはなさずに言った。

「それにまた、ここで突然にそこもとが職を辞するということになると、われらの立場が弱まることは必定（ひつじょう）。人は必らず、われらに過（あやま）ちがあってそこもとが職を去るごとくにうわさするに相違ない」

「そのことも十分に考えましたが、うわさは一時のこと。また将軍家と強い絆（きずな）に結ばれる越前さまに指さす者はござるまい。それに……」

白石は微笑して間部を見た。

「それがしももはや五十八。六十の坂を目前にしております。官を辞して、いささか書き残したい著述の物もあり、曲げて辞職のことをお取りはからい頂きたく存じます」

「齢のことを言われると、あまり無理強いするのもいかがかと思われるが、しかし……」

「もし、天下の大事が起きたときは、どうか遠慮なく呼び出してご下問いただきたい。それがし生きている間は、力のおよぶ限りお役に立ちたい所存です」

白石が言うと、間部は深々とため息をついた。決心は固いようだのと言った。

「そこまで言われては引きとめることもむつかしかろう。しかしこのあとに、京都から来られた方々の御接待のことが残っているので、それの答は後日のことといたそう」

白石が黙っていると、間部はよろしいかと念を押した。

その日は、白石はいつもより早目に下城した。城の外に出ると、骨を刺すような寒い風が吹いて来て、城にいる間は忘れていた膝の痛みがぶり返すのを感じた。

季節は晩秋というよりも初冬の様相を濃くしていて、今日のように江戸の町の上に灰色の厚い雲がひろがっている日は、空気は冷えて手足が痛んだ。ことに数日前から起きている膝の痛みが強く、白石は間部に言ったように、わが齢というものを考えないわけにはいかなかった。

身体の不調のせいもあってか、白石はここ十日ほど、めずらしく気持が鬱屈して、考えることがとかく退隠した後のことに向かうのを感じていた。切れ者の政治顧問などと言われて城勤めをしていることが、ふと味気なく思われることもあった。

白石の気持をそういうふうにしたものは、身体の不調や年齢のほかにもあった。たとえばいま進行している改貨の事業もそのひとつだった。

金銀改鋳は五月に触れ出されて正式に滑り出したが、金銀の質を改めて慶長の古法にもどすのは、品質劣悪な四ツ宝銀などのために物の値段が高騰し、庶民が難儀している現状を改めるためであること、法にしたがって新旧の貨幣を取り換え、もし個人の利益を計って通用に滞りをもたらすような者がいるときは、大罪として処分することなどを、あれだけ事理をつくして示達したにもかかわらず、新鋳貨幣である正徳小判の通用ははかばかしくすすまなかった。

たとえば幕府は、金銀改鋳の触れと同時に、新古金銀割合の次第、つまり新旧の貨幣を引き換える際の基準比率を公布した。すなわち金は現行の乾字金を基準として、慶長金、新鋳の正徳金は十割増、つまり二倍に取り換え、乾字金と元禄金は同格とする、また銀は宝永七年以降鋳造の悪貨三ツ宝銀、四ツ宝銀、これに宝永六年鋳造の永字銀の三貨を基準にして、慶長銀、改鋳さるべき新銀は十割増、すなわちこれも二倍とし、元禄銀は六割増、宝永三年鋳造の宝字銀は三割増としたのである。

この交換比率を見て、財産が半分になると言い出した者がいた。こうした考えは、改貨事業が滑り出す前から根強くあった意見で、現行の乾字金と新鋳の一両をそのまま交換する方法がある、といった意見などとともに、きわめて俗耳に入りやすい発言だった。そして通貨は生きもので、こういう意見がささやかれると新貨幣の通用はさっそくに滞るのである。

白石の気分が鬱屈しているのは、巷にそういう意見が横行することではなく、閣老や改鋳担当者の中に、いまだにそういう俗論に耳傾けようとする空気が残っていることを耳にしているせいである。閣老の中には公然と、「米を売った代金は、大部分はこれまで通用して来た金で受け取るように」と指示した者がおり、庶民よりも武家方で新金の通用がすすまないのは、その発言のせいだとも言われていた。

白石は、急いては事を仕損じると思っていた。金銀改鋳の事業は、一朝一夕では片づかない大事業である。世の動きを観察しながら、気長にすすめるべきことだった。しかしそれには閣老以下の固い支持が必要だった。それをうしろから足を引っぱるとは、何をか言わんやだと白石は思っている。

改貨事業の総指揮をとる宿老秋元但馬守喬知が去る八月十四日に病死したのも、少なからぬ傷手だった。元禄十二年から足かけ九年も老中を勤めた秋元は、閣内に最後まで強い影響力を持っていた人物で、しかも間部や白石の政策に理解を示していた政治家だったので、その病死は白石にも間部にも、今後はかり知れない損失となるはずだった。

もうひとつ、白石の気持を憂鬱にしているものがある。昨日白石は、中ノ口御廊下でめずらしい人物に会った。切支丹屋敷の同心で、山岸という男である。

山岸は白石を見ると、立ちどまって黙礼した。そのまま行こうとする男を、白石はふと引きとめる気になった。

「例の伴天連は、いかがしておるか」

と白石は聞いた。季節は冬にむかいつつある。地下牢のシドッチの暮らしは堪えがたかろうという思いが、山岸をみてふと胸を横切ったのであった。

「病いに伏しております」

と山岸は言った。抑揚のない低い声だった。

「病い？」

白石はおどろいて問い返した。

「いつからだな？」

「二、三日前からです」

「風邪でも引きこんだかの」

「いえ、さには候わず……」

山岸は、思いがけない古風な言葉を使った。

「衰弱のためと思われます」

「衰弱？」

白石は、表情の乏しい山岸の黒い顔をじっと見た。

「飯を喰わぬのか」

「………」

山岸は目を伏せ、口をつぐんだ。その姿には、白石の強い疑惑を呼びおこすものがあった。白石は、やや強い声で言った。

「喰わぬのではなく、飯を十分にあたえてはおらんのではないか」

「以前のごとくには……」

山岸はやはり少し古風な言い方で答えた。

「前には饅頭や氷砂糖のごときものもあたえましたが、いまは粥のみとなりましたので」

「それはいつからだ」

山岸は答えなかった。目を伏せて石のように立っている。白石は、よい、行けと言った。強い憤(いきどお)りに駆られていた。幕府はシドッチを餓死させるつもりだと悟ったのである。

白石の胸に横田由松の寡黙(かもく)な顔がうかんだが、むろん横田や同僚の宗門奉行である柳沢の一存で決められることではなく、その指令はもっと上から出ているはずだった。まして山岸を責めたところで仕方がないことだった。

だが、昨夜屋敷にもどったころには憤りは胸の底深く沈んで、白石はかわりに何とも言えない鬱屈した気分が全身をつつんで来るのを感じたのだった。

——おそらく……。

と、白石はそのとき思っていたのである。餓死は、シドッチを地下牢に幽閉すると決めたときからの、幕府の既定の方針だったに違いない。長く生かしておく必要をみとめなかったのだ。だがそう悟っても、白石に出来ることは何もなかった。白石はシドッチに関しては、もはや自分が発言権を失った人間であることを痛感していたのである。

昨夜の重苦しい気分は、下城して濠端の道を歩いているいまも、まだ胸から消えてはいなかった。シドッチは、いま死につつあると思った。その認識は堪えがたい思いをはこんで来る。

「佐吉」

白石は老僕を振りむいた。

「わしは今日、上の方に役を降りたいと申し上げた。取り上げられれば、おまえとこの道を歩くこともなくなるな」

「はい」

と言ったが、佐吉は怪訝な顔をしている。白石の言葉が、十分には飲みこめていない様子だった。

シドッチは、白石が予感したように二十一日の夜に死んだ。餓死であったに違いない。しかし白石の辞職の方は実現しなかった。間部や本多忠良の斡旋もあったかも知れないが、閣老たちが意外に強く白石の留任をのぞんだという間部の言葉に、結局辞意を撤回せざるを得なかったのである。

十月二十六日に、白石は登城して居ならぶ閣老たちから、改めて慰留の言葉を受けた。長老の土屋政直が、「そなたはまだ年寄りとは言えぬ。療養して変りなく出仕してもらいたい」と言ったのをはじめ、それぞれに、臥しながらでもいまの職を勤めてもらいたいなどと言った。
松平紀伊守信庸と戸田山城守忠真はこの九月から老中に新任されたばかりで、松平とは面識があったが戸田忠真は初対面だった。その戸田は白石にむかって「これまでお目にかかる機会がなかったが、今日は対面できてまことに幸せである」と言った。

辞職願いには、閣老の信任を問うという意味がまったくなかったとも言えないので、この事件では、白石は意外に思う一方でいささか気をよくしたことも事実だった。

――御年寄衆が後押ししてくれるなら……。

まだ、やりたい仕事はある、と思った。長崎貿易の新令案も、清国、オランダそれぞれについてきっちりと形を決めなければならないし、かねて間部たちと下相談をすすめている霊元法皇の姫宮を将軍家の御台所にいただく話にも、本腰をいれて取組みたいと思った。

そう思うと、不思議なことにあれほど辛かった膝の痛みもいつの間にか消え、寒い季節にもかかわらず白石は気鬱から立ち直って、身体に力がもどるのを感じた。
だが、それから二、三日のうちに、白石の閣老に対する信頼が微塵にくだかれるようなことが起きた。

四十八

金銀改鋳が行なわれ、旧貨幣との交換がはじまってからこのかた物の値段が一時に騰貴した。公私貴賤（きせん）いずれにとってもよろしくないことである。ついては私はこれに代る良案を持っている、と言い出した者がいた。野島新左衛門という商人だった。

野島は吉田光由（みつよし）の算術書「塵劫記（じんこうき）」から、わが国の現在人口を割出した上で、一人から十二文ずつを取り立てて、新貨幣鋳造の材料とし、交換比率は、これまで通用して来た金百両に対し、新金貨七十両、新銀貨百二十匁（もんめ）、新銅貨四貫目とすべきであるという説を立てて、幕府に持ちこんだのである。

それについて閣老の中に、「野島の申すところはもっともだ」と言う者がいたので、そのことが洩（も）れると世の中は騒然となった。たちまちに御法が変るといううわさが走り、新金、古金の交換がぴたりととまってしまった。

「くだらぬ妄説です」

いそいで城に呼び出された白石は、間部に言った。はらわたが煮えくり返るようだった。

「秋元さまが亡くなられ、改鋳の総指揮は阿部豊後守さまと決まったときから、いずれこういうことが出て来るのではないかと懸念しておりました」

「さようさ。あのお方はわれらに好意を持ってはおらぬ」

と間部も言った。人ばらいした部屋だが、二人の声は低かった。

「すべてこういうことは、閣老の職にあられる方々の腰が定まらず、新説が出るたびにあれこれと申されることから起きるのです」

「しかし、野島の言うことが妄説だとしても、この始末をどうするか」

「それがしが論破いたします」

「いや、そういうことではない」

間部がたしなめるように言った。

「その沙汰をするには、改鋳にかかわっている人々の意見が必要だが、一部はいま京都に参っておる。そなたが表面に立つと、またそのことが問題になるに違いない」

間部は、京都で銀貨を改鋳するために、ついこの間出発した勘定奉行水野忠順、勘定吟味役萩原美雅のことを言っているのだった。もう一人京都行きを命ぜられた目付大久保忠位は病気で、同じ目付の丸毛利雄が同行していた。

「それでは代りに野島を訊問して、案の可否を吟味する方々を選ばれるよう、閣老方にはかられてはいかがですか」

と白石は言った。

間部は白石の意見をいれて老中にその旨をはかり、月末には急遽（きゅうきょ）つぎの人々が、命ぜられて野島の改鋳意見を吟味することとなった。その顔触れは寺社奉行建部（たけべ）政宇（まさのき）、大目付松平乗邦（のりくに）、町奉行中山時春、勘定奉行大久保忠香、目付鈴木直武、中根成常、仙波道種、永井治定の八名、ほかに改貨事業の係り役人の方から大目付中川成慶がこれに加わった。

これらの人々が、野島案について閣老に答申を提出したのは翌月の下旬である。だが、その答申の中身は、白石には意外としか言えないものだった。そのことを知らせて来た間部の、走り書きの手紙を白石はじっと見た。答申は一様ではないが、「野島の言うところは、道理がないとは言えない」ということでほぼ一致し、宿老の中にもその答申を支持する声が多いと、間部の手紙は容易ならない状況を伝えていた。

十一月二十二日、白石は寒風の中を登城して、間部に会った。そして顔を合わせるとすぐに、用意して来た意見書二通を懐（ふところ）から出して、間部の前に押しやった。

「この意見書を、御年寄衆に進呈していただきたい。野島案のごときものを採用することが、いかに改貨事業に悪影響をおよぼすかを述べてあります。またこちらは

「……」

白石はもう一通の意見書を指し示した。

「野島の改鋳案なるものが、取るに足らぬ妄説である旨を詳細に論じたものです。こちらは、くだらぬ答申を出された尋問役の方々にお見せいただきます」

言っているうちに、白石は胸の中に押さえ切れない怒気が動くのを感じた。もしこの意見書が無視されるようなことになれば、苦心の金銀改鋳事業が、思いつきの愚案に潰（つぶ）されてしまうことは必定だと思ったのである。

「越前さま、ただいまからそれがしを御年寄衆に会わせていただくわけにはいきませんか」

と白石は言った。つとめて怒りを押さえたが、押さえ切れない怒りが顔に出て、白石は自分が青ざめているのを感じた。ともすれば高くなりそうな声を殺して、白石はつづけた。

「御年寄諸公の弱腰のために、文昭院さま御遺託の改貨の事業は、いまや風前のともしびと申しても過言ではありません。このような愚説の横行を許しては、通貨を古法にもどす事業は、二度と行なわれなくなりましょう。ここは正念場です」

「…………」

「それがしを、閣老の方々の前にお連れいただきたい。ここで御年寄衆を組み伏せることが出来なければ、事業は破滅いたします」

「わかった、相わかった」

間部は、白石のはげしい気迫にやや辟易したように言った。余裕をみせるために間部は笑おうとしたようだったが、白石の鋭い目に出遭うと、笑えずに頬が引き攣った。

「そこもとが申すとおりだ。ここは正念場だ。よし、様子をうかがって参るゆえ、ここにおられよ」

間部は立ちかけたが、もう一度膝を落として言った。

「しかし、おだやかに説得してくれよ。わしの立場もある」

半刻後、話をつけた間部にみちびかれて、白石は老中の御用部屋に行った。白石が、呼ばれて間部とともに部屋の内に入ると、それぞれの席にいた老中たちが一斉に二人を見た。ある者は机のそばに自分の火桶を置いて坐り、また三人ほどは部屋の中にある大きな火鉢のそばに寄りあつまって、そこから白石と間部を見ていた。

「意見があるそうだな」

老中の中ではもっとも年長者で、老中の経歴も長く、いわば長老的な立場にいる土屋政直が、入口の襖の内側に坐った白石に声をかけて来た。

「申したらよかろう」

「野島新左衛門なる者が、金銀吹き替えについて具申した意見を、御年寄衆の中にも支持される方があるやに洩れ聞きましたが……」

白石は、伏せていた顔をぐいと上げて、老中の顔を見わたした。そしてずばりと言い切った。

「野島の説は妄説です。取るに足らぬいかさまの意見でござります」

老中たちは気を呑まれたように黙っている。白石は構わずに、さっき間部に示した意見書を懐から出して、前に置いた。

「ここには、野島の言うところが妄説である所以と天下のまつりごとにかかわる方々が、かかる妄説に惑わされることの弊害を申しのべてあります」

野島の意見が取り上げられてから、新鋳貨幣の動きがぴたりととまったのは、野島説が正しいからではなく、幕閣の腰が定まらず、新説が出るとたちまちそちらの肩を持つ定見のなさが真の原因だと、白石は歯に衣着せず非難した。

「通貨は生きものです。御年寄衆の何気ないお言葉ひとつにも、庶民は敏感に反応し、あるいは不安をつのらせて旧貨を抱えこみにかかります。何とぞ、こと改貨に関しては、すでにまかせられた方々を信頼され、横から口をさしはさまれること、固くご無用にねがいたい」

「口をつぐめというわけだ」

不意にそう言った者がいた。さっきから瞬きもせず白石を凝視していた老中井上正岑だった。白石は鋭い目で井上を見返したが、相手にはせずに語気鋭くつづけた。

「もちろん、新古の貨幣の交換が遅々としてすすまず、通貨の流れに滞りを来していること、そこに御年寄衆の今日の不安がござることは重々承知いたしております。しかし何とぞわれらを御信用いただきたい。金銀を古法にもどすただいまの事業は、国家百年のためのものです。必らず意図したごとき効果が現われるものと考えて、ご辛抱ねがわしく存じます」

「…………」

「もし即効を焦って、野島案のごとき愚策を採用されるときは、通貨は名状しがたい混乱に陥ることは必定。文昭院さま御遺託の改貨の事業は潰滅いたしますぞ」

白石は口をつぐむと、静かに老中たちをにらみ回した。そして、どうぞこれをお読みいただきたいと、意見書を前に押し出した。

「もし、それがしの申し上げることに道理ありと認められた場合は、野島某なるものを厳罰に処していただきたい。金銀改鋳の御触れには、私利をはかって新貨通用に滞りを来した者は、その罪を明らかにして厳科に行なわるべきことを明記してあります。向後のみせしめのために、法の適用をぜひともお願いいたしたい」

なるほど、と言った者がいた。秋元喬知のあとをついで、改貨事業の総指揮をとる老中阿部正喬だった。

「なかなかきびしいことを申す。しかし、御用部屋に乗りこんで来てこれだけ言いたいことを言った人間もめずらしい。さすがは世上に言う青鬼どのだな」

と阿部は言った。青鬼というのは、白石につけられた渾名（あだな）である。しかし、面とむかって言われたのははじめてだった。

阿部の言葉は諧謔（かいぎゃく）に似ていたが、諧謔ではなかった。中に針をふくんでいた。

阿部正喬は譜代の中の譜代である。白石何ものぞ、と思ったかも知れなかった。儒者上がりの政策屋が、老中に教訓がましいことを言うと腹を立てているのかも知れなかった。さらに阿部から言えば、改貨事業はわが畑のことである。指図がましいことは受けつけぬという気持もあったろう。

白石がきっと顔を上げると、ひややかにこちらを見ている阿部の目にぶつかった。

「なあに、金銀のことがうまくはこばんので、いらついているだけのことだろう」

また井上正岑がそう言った。井上正岑は意地のわるいことで知られ、のちの「享保（きょうほう）

世話」という書物の中に「死んでも人の惜しまぬ物　鼠（ねずみ）とらぬ猫と井上河内守（かわちのかみ）」と記された人物である。去る宝永七年の大和川魚梁船（ぎょりょうせん）の裁判に関連して、奈良奉行三好備前守が憤死したのも、この裁判を扱った井上のせいだと言われていた。

しかし井上のいまの一言は、相手が老中だとしても聞き捨てにならないものだった。白石が顔面蒼白（そうはく）になって、はげしく言い返そうとしたとき、別の声がした。

「筑州の言うことには道理がある」

そう言ったのは、意外にも政敵林信篤の庇護者（ひごしゃ）土屋政直だった。土屋はその場の空気が険悪化するのを察知して、収拾の必要があると思ったのかも知れなかった。重ねて言った。

「ともあれ、筑州が持参した意見書を読んでみよう。はたして言うがごときことであれば、野島はとんだ痴（し）れ者、当然きびしく罰を加えねばなるまい」

土屋のその言葉を待っていたように、間部詮房が機敏に、ではこれにてと言い、白石は無礼を詫（わ）びて間部と一緒に部屋を出た。

「大和どのは笑っておられたな」

いそぎ足に自分の部屋にむかいながら、間部が言った。そうでしたかと白石は言った。大和どのというのは久世重之のことである。

「わしはひやひやしたが、あのお方はよく言ってくれたと思ったかも知れぬ」

「そうだとよろしゅうござりますが……」

白石は、やはり少し言い過ぎたかと、落ちつかない気分を味わっていた。言うだけ言って、怒りはもうおさまっていた。

野島新左衛門の処分は意外にはやく決まって、十一月の晦日には遠島が申し渡された。その判決を聞いた野島が失神して倒れ、それを見た久世が、この程度の男が何で改貨の大事業を請負えるものかと言ったことが、白石の耳にも伝わって来た。

この事件はとどのつまり、白石に二つの利をもたらすことになった。ひとつは閣老の間で白石、谷安殿の折衷案である現行の改鋳制度が最良のものであると、再確認されたことであり、もうひとつは野島には気の毒でも、野島が重く罰されたことで、今後いい加減な思いつきの案を持ちこむ者がいなくなり、閣老もまたおのずから腰が据わらざるを得なくなったことである。

白石は危機をひとつ乗り越えたことを感じたが、しかしそれで新古貨幣の交換状況が好転したわけでもなかった。貨幣流通の動きは依然として鈍かったが、しかし野島新左衛門の案なるものが出て、流通が塞きとめられたときのようなことはなかった。

明くる正徳五年の正月、正徳新令すなわち長崎貿易の新令が公布され、二月には大目付仙石久尚、御使番石河政郷、ほか御勘定衆が長崎に出向して、新令の次第を地元長崎と清国商人に伝えた。清国商人に伝えた新令の中身は、唐船の隻数、商販銀額の割合、清国商人に対する新令と諭告、清国商人と通辞との約条、通辞ならびに清国人にわたす割符、唐船入港の定めなど、詳細をきわめたものだった。

オランダに対する新令の伝達は、さらに慎重に行なわれ、その年の八月に前書を交付、十月になって本文五ヵ条から成る新令を伝達した。

内容は交易を許すオランダ船は二隻とし、銀三千貫目の取引を行ない、現在通用している小判（乾字金）を六十八匁替で受け取る、また問題の銅は最高百五十万斤まで渡されるとし、会社は食料、漆器、陶器、樟脳などを百二十貫目まで買うことが許される、毎年少なくとも百貫目は出島に現金で残さなければならないといった条項から成り立っていた。

銅輸出の許容額は、従来より百万斤も少なく、また今度の新令には金銀改鋳という事情が絡んでいる。理屈っぽいオランダ側からは、何か苦情が出るかも知れないと思ったのだが、オランダ側は予想に反して冷静に新令を受け入れた。

その結果をみて、白石は肩の荷がひとつ下りたような気がした。依然として思うような動きではないといっても、金銀改鋳は停滞することなくすすめられていたし、長崎貿易の基本となるべき条々、改善されるべき条項は決まりがついた。故家宣に付託されたことは、二つながら一応の軌道に乗ったのである。

その安心感は大きかった。白石はそれからは登城して訴訟関係の書類を扱うほかは、つとめて家にいて著述にいそしむようになった。ようやく、気持にそれだけのゆとりが出て来たのである。今年になって取りかかっているのは、切支丹屋敷で窮死したローマ人シドッチとの交渉の一部始終と、シドッチから得た世界の知識、宗教についての陳述を残らず記録する仕事だった。白石は二年前に、家継に献ずべき地理書「采覧異言」を書いているが、いま書いているものは、それとは違いもっとシドッチに密着したものになるはずだった。

シドッチという異人から得たものは、振りかえってみると、尋常なものではなかった。白石は手控えをもとに、記憶をたどって書きすすめているうちに、ふとそのことに思いあたって歎息することがあった。窮死したとき、シドッチは四十七歳だったという。その若さを惜しむのである。書きすすめている記録は一冊にまとめて「西洋紀聞」と名づけるつもりだった。

目立つほどの事件もなく、その年は平穏に過ぎて行った。七月の半ばごろ、将軍家継が病気で寝こんだが、奥医河野松庵らの必死の介抱で、翌八月末に漸く快癒した。また、九月二十九日に、家継と霊元法皇の姫宮八十宮吉子内親王との婚約がととのった。

この御成婚の総指揮を、老中阿部正喬がとることになったので、金銀改鋳事業の指揮は同じ老中久世重之にゆだねられることになった。これは白石にとっては好都合なことだった。

正徳六年は、正月から大火が相つぐ不穏な年となった。白石はこの年、二月に還暦を祝った。「西洋紀聞」はまだ出来上がっていなかったが、白石はほかに「古史通」の記述にも手を染め、一方では依然として出仕をつづけていた。時には老中の御用部屋に呼び出されて、長崎貿易について諮問を受けたりすることもあり、白石はまだ当分は城勤めをつづけるつもりだった。

還暦をむかえて心身ともに老いては来たが、不思議なことに瀉の病いは若かったころよりも軽くなり、時にはまったく忘れている。まだ手足の衰えはなく、身体には自信を持っていた。

――せめて……。

と白石は思うことがあった。伝蔵に嫁を迎え、孫の顔を見るまでは勤めをつづけたいものだ。そして出来れば、伝と長の二人の娘を嫁入らせるまで、と思った。

しかしその心づもりを、一撃に打ちくだくような変転が襲って来た。将軍家継は四月の晦日、かねて病気がちだったために奥医河野良以、池田玄達らの治療を受けたが、夜になってにわかに薨（こう）じた。八歳だった。その日のうちに、紀伊中納言吉宗が呼び出されて二ノ丸に入り、次期将軍を継ぐこととなった。

白石は翌五月一日、登城して間部（まなべ）に会った。さらに翌日は上納すべき拝借金の残高、また借りている書物について間部詮衡（あきひら）らの意見を聞き、三日には中ノ口の御用部屋の返還と奥詰を免ぜられたい旨（むね）の願いを提出した。

七日は故将軍の御出棺につき添ったが、十一日には中ノ口御用部屋の鍵（かぎ）を返還した。宝永元年末に西ノ丸寄合となって以来の、長い城勤めが、事実上その日に終ったのである。

四十九

紀伊吉宗が八代将軍を継ぎ、五月十六日に白石は正式に奥詰の職を免ぜられた。ただし本丸寄合の身分と家禄（かろく）千石はそのまま残された。

同じ日御側用人間部詮房は、職を免ぜられて雁ノ間詰となり、本多忠良も帝鑑ノ間詰にもどった。また御側高家堀川広益は罷免され、御側米津田賢、三枝守相は菊ノ間縁詰となり、小姓間部詮之、間部詮衡、村上正直、村上正邦、一柳直臣、本目正房、河野安通、阿部正典ら、さらに小納戸のかつての白石の同僚船橋希賢、柳生久辰らはすべて寄合となった。

ほかに土圭ノ間番頭米田正芳、間宮盛興、番士三十一人、御膳奉行、台所頭、御道具方同朋は小普請入りとなり、奥医河野松庵、渋江通玄院ら医師はすべて寄合となり、一部は天英院附きに、一部は月光院附きとされた。前将軍親近の者は、すべて遠ざけられたのである。

そして六月二十二日に、改元されて世は享保元年となった。吉宗の時代の幕開けだった。ほとんど登城しなくていい日々というものは、案外に落ちつかない気分を誘うものだったが、白石はやがてそれにも馴れ、著述に精出すようになった。かねてから興味を抱いていたわが国古代史についての論稿「古史通」、「古史通或問」を書きつぎ、秋深くなったころには自伝の執筆にも手をつけた。

自伝を書き残そうと思った動機のひとつは、亡くなった父母や、父母の生きていた時代に対する胸が熱くなるような懐しさと、にもかかわらず、自分がそれについては不十分な知識しか持っていない悔いといったものだった。白石は、同じ悔いを子孫に味わわせたくなかった。そこで記憶している限りの父の時代のことを記すとともに、浪人から立身して一千石の旗本に、将軍家の政治顧問にまで登りつめた新井家の来し方をつぶさに書き残すことにしたのである。

「折たく柴の記」と名づけたその自伝は、書きすすめるにしたがって、白石をしばしば幼なかった時代にはこび去り、至福の思いをもたらすことがあった。白石はこの自伝の中で、いずれは家宣と間部詮房、そして自分という三者の不思議なつながりと、そのときどきに果した政治的な役割についても、腹蔵なく書き残すつもりだった。それも、書き残さなければ後代に至って意味も把握出来ないものになる恐れがあると思ったからである。執筆の動機のこれが第二だった。

だが、年が明けると間もなく、そういうささやかな幸福感はおろか、職をしりぞいた者の悲哀を十分に味わうような出来事があった。ある日妻女が書斎に来て、邸内に人が入りこんでいると言った。話してみたがどういう人間かわからぬと言うので、外に出てみると小役人風の男が二人いた。

男たちは白石を見ると遠くから会釈をして、御普請方同心だと名乗った。

「門のところで、お年寄にことわって入れてもらいました」

「御普請方が何の用だ」

「ちょっと下検分に参りました」

「下検分？」

「はあ、ここは近く屋敷替えになりますので」

「屋敷替えだと？」

白石は鋭い目で男を見た。思わず胸が騒いだ。

「そんなことは聞いておらんぞ」

「そうですか」

髭(ひげ)の剃(そ)りあとが濃い丸顔の役人はそう言っただけだった。そしてその問答の間に、もう一人のろくに挨拶(あいさつ)もしなかった長身の男の方は、帳面を片手に庭を横切って家の角を曲り、裏手に姿を消した。無礼な男だった。

「ちょっと待て」

白石は丸顔の男に近づいて正対した。

「わしの代りに、誰が住むのだ」

「それはまだ聞いていません」

「ふむ」

白石は腕を組んで男を見た。

「その話がまことなら、わしが行く屋敷も決まっているのだろうな」

「決まっております」

丸顔の男は持っていた書類をのぞきこんで、代地は内藤六軒町というところだと言った。そしてつけ加えた。

「ただしそこは、土地だけで家はありません」

「大した屋敷替えだ」

と白石は言った。振りむくと、玄関のうちに心配そうにこちらを見て立っている妻女の白い顔が見えた。

「そういうことなら、いただいた代地に家を建てるまで、家移りは待ってもらわねばならんな」

「いや、それが……」

顔が丸く太った役人は、そのとき家の横から姿を現わした長身の同僚を振りむいてから言った。

「上の者の話によりますと、当屋敷に家移りを命ぜられた方は、ここを一日もはやく空屋敷にしていただかなくては困ると申されているそうです」

「馬鹿も休み休み言え」

白石は一喝した。腹が立っていた。

「見るとおり、ここには人もおれば家財もある。一家が荷物をかかえて野宿しろと言うのか、こら」

「私が言うのではありません。上の者がそう言っているとお教えしただけです。お教えして怒られるのは間尺に合いません」

男の物言いが急に横柄に変った。もう一人の険しい人相をした背の高い役人は、瞬きもしない目を白石に向けたままである。

「お困りならひとつ知恵をお貸しいたしましょうか」

と丸顔の男は言った。

「市中には貸し蔵というものがありまして、家財などはそこに頼めばわけもなく預かります。ただし多少の金はかかりますが……」

「ふむ、どうしても出て行けというわけだの」

おまえたちでは埒あかん、頭を呼んで来いとどなりつけてやろうかと思った。いったい、この新井筑後守を誰だと思っているのかと腹が立っていたが、しかし白石はこのとき、三年前の初冬のころに病死した柳沢吉保のことを思い出した。

綱吉の政権下で、まさに飛ぶ鳥を落とす権勢をふるった人の死を、人はろくにうわさにもしなかったのである。ついこの間まで、城で権勢をふるっていたなどといっても、職を引いてしまえば陸に上がった魚同然、みじめなものだと思った。

――はて、それにしても……。

どこかに一時引っ越すとしてもその費用、内藤宿六軒町とやらに家を建てる掛り費用を何としよう、と思ったとき、白石の胸に一時代が過ぎてしまった者の悲哀が沁みわたるように溢れて来た。

白石が黙然と立っていると、少しは気の毒だと思ったのか、丸顔の男がなにも今日明日明け渡せというわけではないと言った。

「出来るだけはやくねがいたいということでしょう。あ、それからご承知かと思いますが、当屋敷の目録をお作りいただきます。屋敷内の木、それから家の中の建具、そなえつけの什器があればそれも残らず書きこんでいただきます」

「………」

「また、明日参ります」

丸顔の男は、とうとうひとことも口を利かなかった背の高い男を促して、門から出て行った。

するとそれを待っていたように、玄関から妻女が外に出て来た。

「この家を明け渡せというお話ですか」

「そう言っておる」

と白石は言った。そして代地は内藤宿にもらうことになるらしいが、そこには家は建っておらぬと説明した。

「また借金せねばならぬ。それに家を建てる間、待てぬかと言ったら待てぬと申す」

「まあ、そのようににわかに」

妻女はめずらしく顔を曇らせた。だが、すぐに言った。

「すると、どこかよそに家を借りなければなりませんね」

「とりあえずはな」

「おまえさま、深川に参りましょうか。町屋を借りましょう」

妻女は若やいだような声を出した。

「深川のむかしの知り合いに頼めば、借家の一軒ぐらいは何とでもなりましょう」

「そうか」

「新しい家は、もっと小さくてもいいのではありませんか。娘たちも嫁に参りましょうし。むかし深川に住んだころのことを考えれば、いまの暮らしは贅沢すぎますよ」

妻女は、むしろ貧しかったむかしを懐しむように、そう言った。

普請奉行大岡忠相（ただすけ）の配下だという二人の男は、翌日も来るようなことを言ったが、それっきり姿を見せなかった。

そのまま三日が過ぎたとき、妻女がもしやと言った。

「屋敷替えがお取りやめになったのではないでしょうか」

「いや、取りやめはない」

白石は首を振った。その間に外から来た手紙で、白石はつぎにいまの屋敷の主（あるじ）になるのが、御小納戸の菅沼定虎だということを知った。妻女に言わなかっただけである。

菅沼は将軍吉宗がはじめて江戸に出て、赤坂の紀州家中屋敷に住んだころからの側近だという。

「いまに正式の仰（おお）せ下しがあるだろう」

「すると、やはり深川の話をすすめる方がいいのでしょうか」

「それがよい。いざというときにうろたえぬようにせねばならん」

「わかりました」

「一色町に貸し蔵が見つかったと言っておったな」

と白石は言った。

「人と物が離れては不便だろうから、人もその近くに住まうことにしよう。家が見つかればそれに越したことはないが、適当な借家がなければ、町家の座敷を借りてもいいのだ」

言いながら白石は、そのときかすかな悲哀感のようなものが胸をかすめ過ぎたのを感じた。それはたとえば、ついこの間まで、城中で出会う人ことごとくに懼（おそ）れはばかられたほどの人間が、この凋落（ちょうらく）ぶりのすみやかなことよといったような気分だったのだが、事実は境遇の激変ははじまったばかりだったのである。

それはともかく、正式の屋敷替えの命令は、夫婦がそういう会話をかわした翌日の正月十六日に来た。白石はその日の夜、呼び出されて支配の若年寄大久保常春の屋敷に行き、そこで屋敷、家屋ともに召し上げられること、替地として内藤宿六軒町にある窪田忠礎の上げ屋敷を賜わることを正式に言い渡された。

窪田屋敷の跡地は五百五十八坪だが、建家がないというのも下検分の役人の言ったとおりだった。移るとすれば新たに家屋を造作しなければならないのである。

そういう事情があるせいか、大久保は明日にも出ろとは言わなかったが、応対は心なしか以前よりもひややかだった。いつごろに明け渡しのめどがつきそうかと言った。

大久保は家宣の代に御側となり、家継の世と変った正徳三年八月に若年寄に転じた、いわゆる家宣に近い人間だが譜代である。職を解かれた白石に、さほど同情はしていないかも知れなかった。

「二十日ごろには埒あきそうかの」

「二十日はちと」

と白石は言った。

白石は顔を上げて、面長で艶のいい大久保の顔をじっと見た。大久保はまだ四十を出たばかりだろう。これからさらに立身する人間である。若さというものは、残酷なことを平気で言わせるものだと思った。

「なお二、三日の余裕をいただきたく存じます」

「二、三日か」

大久保は視線をそらして、考えこむような表情をした。そしてすぐにうなずいた。

「二十二、三日ごろだな。よかろう。決まったら知らせてもらいたい」

「かしこまりました。ご無理を申し上げて恐縮に存じます」

「いや、なに……」

大久保の顔に、そのとき思いがけないうす笑いが動いた。

「こちらはかまわんのだが、そこもとの屋敷に入る者がいそいでおるようだ」

翌日から、白石は追い立てられるように引越しの支度をいそいだ。油堀に沿う長い河岸を持つ深川の町一色町に、貸し蔵と間借りする家を決め、二十日にはそこに家族を移した。家財の大部分は、家のそばの濠から舟で深川まではこんだので、案じるほどのことはなく片づいた。

その間に、普請奉行の大岡が家の図面をもとめて来たので、図面と家の中の建具の明細を記した帳面二通を大岡までとどけさせた。そして二十二日には再度大久保をたずね、用人久野茂左衛門に会って屋敷は明二十三日に返上すること、このことは普請奉行にもとどける旨の書付を渡した。大久保の返事は承知した、それでよしということだった。

帰りに白石は佐吉を連れて一色町に回り、妻子の落ちつき先を眺めて、といってもそこは明日からわが身も暮らすことになる家だが、その様子をたしかめてから雉子橋門外の家にもどった。

すると飯炊きの婢一人しか残っていない、がらんとした家に客が来ていた。室鳩巣と深見玄岱である。やあやあと、白石は大きな声を出した。人通りも少ない冷えた町を、凍えて物も言わずに家にたどりついただけに、二人の訪問がうれしかった。

「勤めがあっていそがしかろうに、よく来てくれた」

「陣中見舞です」

と室が言った。

白石が、まず火に寄ってくれと言うと、室も深見もまた火桶のそばににじり寄り、三人は火桶を囲んで頭をならべる恰好（かっこう）になった。

「おおよそのところは片づいたようですな」

室は、古びた子供用の机と床の間に、二、三冊の書物があるだけのがらんとした書斎を見回して言った。

「しかし、こんなに広い部屋だとは思いませんでした」

「なにせ、書物が多かったからの」

と白石は言った。ふだん使うことのなかった古書を積んであった壁ぎわの畳は、まだ青々としている。

「あれだけの書物をはこぶのは、さぞ骨が折れたことでしょうな」

「いや、それが存外……」

と白石は言った。

「どんどん箱に詰めて舟ではこんだゆえ、さしたる手間はかからなんだ」

「しかしいったんは深川に移るとして、そのあと……」

室は懸念するような表情で白石を見た。

「もう一度、内藤宿六軒町に引き移られるわけですか。今度は舟を使うというわけには参りますまい」

「六軒町というのは、どのあたりですか」

深見がはじめてたずねた。深見は寡黙（かもく）な人間で、大ていは人の会話を黙って聞いている。もっとも深見は白石よりも七つも年長で、そろそろ七十に手がとどく老齢でもあった。

「行ったことはないが……」

と白石は、深見に目をむけて言った。

「聞いたところでは、四谷大木戸のそのまた先になるらしい。内藤宿と申しても、あのあたりの町屋からはちと逸（そ）れたところになるのかな」

「畑の中です」

と室鳩巣が言った。室はどうやらそのあたりの地理を知っている様子だった。やはり懸念するような顔つきのままつづけた。

「登城するにしても、あのへんからだとかなり大変でしょうな」

「そんなに遠いところかの」

白石は軽い衝撃を受けながら言った。権力の仕打ちという言葉が、ふと頭にうかび上がって来たようだった。

権力が交代した結果、白石は一千石の本丸寄合という形式こそ残るものの、現実にはいかなる政治的な力も持たない一儒者にもどった。そんな無力無害な老人を、四谷大木戸の外までほうり出す必要があるかと思うようなものだが、本来権力は、自分に属さずかつ必要をみとめない人間に対しては、弊履（へいり）を捨てるほどの無慈悲な仕打ちも辞さないものなのだ、と白石は思った。ことに白石のように、前代にときめいた者に対しては、権力の仕打ちはより容赦しないものになる。

そういうことを知らないわけではなかったが、さすがにわが身のことになると、白石は気持がふさいで来るのを感じた。その顔色を読んだらしく、室がいそいで言った。

「いや、しかし通えないほどの遠方というわけではありません」

「その場所に……」

深見がまた口をはさんだ。

「新しく家をお建てになるのですか」

「そういう段取りになる」

白石は言った。

「なにせ、落ちつくまではかなり日にちがかかりそうな気配ですな」

「すると、それまではずっと、深川におられる」

「そのつもりです」

「深川も遠いですからなあ」

深見は、何か考えをめぐらすような顔をした。それからためらうような口調で言い足した。

「内藤宿の家が出来上がるまでという名目で、この近辺に借家をするようなぐあいには参りませんかな。むろん、願いを上げてお許しを得てということになりましょうが……」

「借家か」

「いや、待ってくださいよ」

室が少しあわてたような顔で言った。

「いまそうするのは、ちと憚りあることではないでしょうか」

室鳩巣の言葉の意味は明瞭だった。

将軍家が代替りして、前将軍に親近していた者は、譜代の名門である本多忠良などの少数者をのぞいて、一斉に降格されたところである。そしていまは、その降格された人々、いきなり四谷大木戸の外に移された白石のような人間が、はたして新将軍吉宗に対して従順であるかどうかを監視されている時期ではなかろうかと、室は言っているのだった。白石も深見も口をつぐんだ。

すると室は、自分の言葉の調子の強さにやや気がさしたようにつけ加えた。

「筑州どのは天下の碩学。この先お召し出しがないとは言えません。当分は慎重に動かれてしかるべきかということです」

室鳩巣と深見玄岱は、日がかたむく気配におどろいて帰って行ったが、二人の言ったことは白石の胸に残った。

――重ねてのお召し出しなどということが……。

はたしてあるのだろうかと、白石は二人を帰して早目の夜食をたべる間もぼんやりと考えつづけた。

室の言葉は白石の矜持をくすぐるものだったが、白石は故家継の葬送にあたって、新将軍吉宗が石棺の銘を林信篤に書かせたことを忘れていなかった。家継の石棺の銘を撰するのは、当然さきに家宣の銘を撰している白石の勤めのはずである。それを信篤に命じたということは、もはや白石は用いないという、吉宗の意思の表明に異ならなかった。

それは白石一人の感想ではなく、その間の事情を知る者すべてがそう感じ取ったはずの出来事だったのである。

——お召し出しはあるまい。

夜食をたべ終ったとき、白石はようやくそう断定した。新将軍のことはくわしくは聞いていなかったが、吉宗が家宣とはもちろん、綱吉とも肌合いのちがう人物らしいことは、うすうす察知出来た。

家継が危篤（きとく）となり、後見人に吉宗を据えるべく、急使が赤坂の紀州屋敷に走ったとき、吉宗は邸内で弓を射ていたという。その挿話に、白石は好感を持った。近来の将軍家にはなかった野性味を感じ、将軍の呼称にふさわしい人ではないかと思ったのである。

また、白石は罷免されたが室鳩巣、深見玄岱は儒者として残った。その室に、白石は吉宗の学問について聞いてみたことがある。去年の暮のことである。

すると室は、他言なさるなとことわってから、声をひそめて「おそれながら文盲にてあらせられる」と言い、言った室も聞いた白石も、唖然（あぜん）として顔を見合せたのだが、しかしその事実も決して不快ではなかった。家臣の家にまで押しかけて経書を講義した綱吉にくらべれば、いっそさばさばして気持いいようなものだった。

しかしそういう新将軍は新将軍らしく、自分の好みで人をあつめ、独自の政治を敷かれるに違いないとそのころ白石は思ったものである。

――そのお方が……。

前代のお古の政治顧問を必要としているとは思えぬ、といまも白石は思った。

その断定に未練はなかった。しかし室の言葉にふと揺れ動いた自分の気持のありようも、白石にはわからないわけではなかった。胸に隠している自負心のせいである。

――では……。

ほかに、人がいるかと白石はひそかに思うのだ。権力に阿らず、神祖家康公が尊んだ儒の道と古今の歴史に照らして、政治の道を誤りなからしめる者が、この白石のほかにいるか。林大学頭、あれはただの老いたる訓詁家で、あのひとに政治はわからぬ。室新助はどうだ、彼はまだ経験不足のひよっ子にすぎん……。

たべ終った膳を前に、白石が黙然と物思いにふけっていると、お済みでございますかという婢の声がした。腕組みを解いて顔を上げると、廊下の板敷に坐った婢がこちらを見ていた。

「や、終った。うまかったぞ」

「いいえ、おそまつさまでござりました」

言いながら飯炊きの婢は、書斎に入って来て膳の物を片づけはじめた。白石や佐吉のために居残っている婢は、中年女でよく太っているが、働き者だった。

「あれは、誰だ？」

膳をささげて婢が立ち上がろうとしたとき、白石は玄関の方角に人声を聞きつけてそう言った。

玄関と書斎はかなりはなれているのだが、家の中に人がいないせいか、遠い声が筒抜けに書斎まで通る。もっとも言っていることの意味まではわからなかった。

「お客さまらしゅうございます」

と婢が言った。

「相手をしているのは、佐吉とは違うようだの」

「はい、戸村さまです」

と、婢が言った。

戸村は若い家士で、屋敷の始末がつくまで本所の実家にもどっているように暇をあたえたばかりである。実家は御家人だった。その戸村が、今日は午後から風が吹き出したので、不慮のことにそなえるとかで、ついさっき帰って来たのだと婢は言った。

白石は失笑した。戸村はふだんはそんなに気が利く男ではない。

「戸村が出来過ぎたことを言う」

はい、と言って婢も笑った。しかし白石は戸村の気遣いがうれしかった。寒い夕方に、人気ない主家を案じて本所から駆けつけて来た気持は多としなければなるまい。

白石は首を傾けて、外の気配を聞いた。しかしそんなに風があるとは思えなかった。

「そんなに風があるようでもないが……」

「はい、そうでございますね」

婢も首をひねりながら、膳を持って部屋を出て行った。

すると、ほとんど入れ違いに戸村が来て、帰宅の挨拶もそこそこに、玄関に客が来ていると言った。

「どなたかな」

「それが、例の……」

と言って戸村は、白石が日ごろ、この男の男ぶりの難は目だなと思っている、丸くて愛嬌（あいきょう）のありすぎる目をくりくり動かして、一通の封筒をさし出した。

「菅沼さまのご家来だと申されております」

「どれ」

　白石はすばやく封を解いて、菅沼定虎から来た手紙を読みくだした。読み終ると、腹の中にむくりと怒気が動いた。

　手紙には、いつ屋敷を明けわたしてもらえるかと書いてある。そのせわしない催促もいささか不快だが、怒りはそのせいだけではなかった。普請奉行の大岡に図面をとどけさせたとき、使いの朝倉に二十三日には屋敷を返上しますと言わせたところ、大岡の返事が二十四、五日ごろでよいということだった。

　しかし二十三日に明けわたすことは、さきに手紙でも言ってやったことである。大岡ともあろう男が不見識なことを言うものだと思っているところに、今度は菅沼からちぐはぐなこの催促である。人の屋敷を召し上げるからには、いま少し順序よく事を処理するのが礼儀ではないのか。

　丸い目で自分を見ている戸村に、白石はうなずき、わしが返事しようと言った。玄関に出ると、菅沼の家臣なのだろう、ごく地味な恰好をした中年の武士が、所在なげに立っていた。お待たせした、と白石は言った。

「おたずねのことだが……」

　白石はやや高飛車な口調で、一気に言った。

「この屋敷は、明日さし上げるのでさようお伝えねがいたい。なお明日明けわたしの儀は、大久保佐渡どの、大岡能登どのにもはや通知済みのこと、まだそちらに伝わっておらぬとはいかにも不審と筑後が申したと、そなたの主どのにお伝えねがいたい」

「は、それはいかにも。仰せのごとく伝えまする」

白石の語気にふくまれている不機嫌な気配をすばやく察知したらしい。菅沼の家臣は、懐紙を出すと突然に吹き出した顔の汗をふいた。そして尻さがりに玄関をさがりながら、詫びの言葉を述べた。

「家移りでおいそがしいところに、催促がましいおたずねに上がり、ご不快もさぞかしと思われますが、わが主も心落ちつかぬ折にござりますれば何卒おゆるしを賜りますよう。では、これにて」

ちゃんと挨拶の出来る男ではないかと、白石は佐吉が使いの男を門まで送って行くのを見ながら思った。少し大人気ない文句を言ったような、軽い後悔につつまれていた。

そのせいでもないだろうが、白石は佐吉がもどったらひと声をかけるつもりで、玄関に立って待ったが、その佐吉がなかなかもどって来なかった。

——何をしておるのだ。

と白石は思った。あけ放した戸の間から、間もなく二月とは思えない、こごえるような外気が入りこんで来る。そして外には、たしかに寒々と風の音がした。白石の身体（からだ）はたちまち冷えて来た。

背をむけて奥に入ろうとしたとき、ようやく佐吉がもどって来た。門の外にでも出ていたのか、走ったあとのように息をはずませている。

「どうした、佐吉」

「あ、手間どりまして申しわけありませんでした」

佐吉は詫びてから、声をひそめるようにして旦那（だんな）さまと言った。

「火事だそうです」

「火事？　この風のあるときにか」

白石は眉（まゆ）をひそめた。

「火元はどちらだ？」

「小石川だと言っております」

方角がわるいかな、と白石はちらと思った。この季節だと、風は大体北か北西の風だろう。小火（ぼや）で済めばいいが、ひろがるようだと火はこっちを目がけて来る心配がある。

そう思うと、気のせいか風の音がさっきより強くなったような気がした。

「火が見えたか」

「いえ、ここからは見えません」

「ま、どっちみちいまから騒いでも仕方あるまい」

白石は背をむけながら、つけ加えた。

「来たときは来たときだ」

ところが白石の予感は適中して、その日の七ツ（午後四時）ごろに小石川馬場横の武家屋敷から出火した火は、本郷から駿河台に移り、白石の屋敷がある雉子橋外、小川町のあたりをひと嘗めに焼いてから郭内に入り、大名屋敷多数を焼いた。そしてさらに、本町、石町、日本橋の町々から八丁堀、築地を焼き、火の一部は深川までのびるという大火となったのである。

火がこっちに来ましたという声に、白石が外に出てみると、屋敷のまわりにははやくも土煙のようなものが立ちこめ、その間から北方に濃く太い煙が上がっているのが見えた。さらにそこから東に二、三町はなれたところにも黒煙が立ちのぼり、煙の下には赤々と這う火が見えた。

風は、いまは轟々と音立てて空を走り、その風は強く鼻を突く、物の焼ける匂いをはこんで来る。黒煙の中に、どっと火の粉が舞い上がり、うす闇に覆われた空が一面に明るくなったのが見えた。しかし火はまだ遠い。

「いよいよ近くなったら知らせろ」

白石は言い捨てて家の中にもどったが、落ちつく間もなくふたたび佐吉の声に呼び出された。

見ると火は今度は見えるところまで近づき、庭は真昼のように明るくなっている。その明るみを頼りに、家士の戸村が台所や裏に残っていた道具のたぐいを土蔵にはこびこんでいた。白石も佐吉も手分けして、屋敷の内に残っている家具を同じ蔵にはこび入れた。

しかし火はいったんは白石の屋敷の近くを通りすぎるように見えたので、白石と三人の使用人は、そのまま様子を見ていた。ところが火は引き返して、見る間に白石の屋敷に迫って来たのである。物の焼ける音がひびき、火の粉が庭に落ちはじめた。

「これはいかん、逃げるぞ」

白石が言い、四人は屋敷を捨てて坂上の飯田町に行く道に出た。外には避難の人がごった返していたが、これといった荷物もない身軽な四人は、はぐれることもなく無事に坂上までたどりつくことが出来た。

振りむくと、眼下に捨てて来た屋敷のあたりとおぼしい町が、いちめんの火につつまれているのが見えた。炎は川が流れるように町々を呑みつくし、なおも神田橋、鍛冶橋の方角にじりじりとのびて行くようである。

日は暮れ落ちて、暗い空の途方もなく高いところを、無数の火の粉や何か燃えるものがただよい流れて行くのが見えた。そして多分、家々の棟が焼け落ちるのだろう、火の川のあちこちに時どき目くるめくばかりに高い火柱が立つ。すると坂上にのがれて来た人々は、そのたびにどっと声をあげた。火が這い回る眼下の光景も、顔を赤く染めて喚声を上げる人々の姿も、地獄図に異ならなかった。

「おう、おそろし、おう、おそろし」

白石のそばにいる婢が、繰り返しながらがちがちと歯を鳴らしている。その声を聞きながら、白石はさっきまでは思いもしなかった意地のわるい感想が胸にうかぶのを感じていた。

——これで……。

あつかましく明けわたしを催促した菅沼新左衛門も、明日からわが屋敷に住むわけにはいかなくなったの、と思ったのである。いい気味だとまでは思わなくとも、腹の底にいささか品位に欠ける笑いが動くのを、白石も禁じ得ない。人には言えないが、何となくさばさばした気分になっていた。

いまのその気分を隠すために、白石はことさらいかめしい表情をつくって、婢や佐吉に声をかけた。

「あとで屋敷にもどってみるぞ。それまでひと休みしておけ」

その夜、四人が焼け落ちた屋敷跡にもどったのは、およそ五ツ半（午後九時）ごろだったろう。家は跡形もなく焼け、土蔵は三つあるうちのひとつが焼け落ちていた。

白石は翌日は支配の大久保にそのことを届け出、ついでに当分は深川一色町に立ちのく旨も届けて、そのあとやはり昨夜被災した久世重之、土屋政直の両閣老を見舞ってから、弟子の土肥元成につきそわれて深川にもどった。

ところで、白石が久世邸に火事見舞いに立ち寄ったとき、ひさしぶりに白石が面目をほどこすような出来事があった。

久世は老中なので、邸（やしき）には大勢の人が見舞いに詰めかけていた。白石が行ったとき、久世は見舞い客と談笑している最中だったが、白石が端近（はしぢか）に席を占めると、人を押しわけるようにして白石のそばに来た。

挨拶が済むと、久世はすぐにそちらの書物は焼けなかったかとたずねた。

「さいわいに深川の方に送ったあとで、焼亡を免れました」

白石が答えると、久世は喜色をあらわにして、一段と声高に、天下後世のために、これほどのしあわせはないと言った。

どちらが火事見舞いをうけたのかわからないような問答だったが、その応酬を聞いた満座の人々が、天下の老中からこの挨拶をうけるとは、さすがに筑後守とざわめいたのであった。

白石の屋敷、といってもいまは焼けあととなったその屋敷は、役人立会いのもとに二月一日、菅沼定虎に引きわたされた。

つづいて白石も、内藤宿の窪田屋敷を受取るはずだったが、普請奉行の大岡忠相が二月三日付けで能登守から越前守に変り、江戸町奉行に栄進したので、引き渡しは延期となった。後任の普請奉行丸毛利雄から、引き渡しの通知が来たのは二十三日、二月も下旬にさしかかったころである。

二月二十五日に、白石は佐吉を供に連れて内藤宿六軒町まで出向いた。深川一色町から行くと、旅に出るほどに遠い場所だった。内藤宿からこのあたりと思われる場所まで踏みこんで待っていると、間もなく普請奉行の丸毛が、配下の役人を連れて現われた。

御目付から普請奉行に転じた能吏である丸毛は、白石を見ると、遠路ごくろうでござりますなと逆にひと言犒ったものの、土地についての感想は一切のべず、白石の屋敷となるべき場所の境界を説明し、図面と書類を渡すとさっさと引き揚げて行った。

しかし丸毛は何も言わなかったが、そこは麦畑だった。受け取った白石の屋敷の周囲も、何某の屋敷と決まっているらしく、境界を示す杭が点々と畑中に連なっているものの、ただちに家の造作にかかるような気配は見えず、目に映る限りは青々とした麦畑だった。

その麦畑が尽きるあたりに、雑木林に囲まれた村落が見えた。丈高い雑木はそろそろ芽吹きはじめているはずだったが、遠目には冬木のようにしか見えない。ただその下のあたりに、桃の花とおぼしいあざやかな色の花が咲いていた。

さっきはそのあたりから犬の吠える声が聞こえたのだが、いまはその声はやんでいる。そのかわりに遠くの空でひばりが啼いていた。しかし、日はくまなく野を照らしているものの、空はかすんだようにやや白濁して、ひばりの姿は見えなかった。

白石は懐紙を出して、さっき普請奉行を待つ間に書きとめた詩稿を読み返した。

青麦阡々として秀で　紅桃樹々の春
畑中犬吠を聞く　秦を避くるの人有るに似たり

秦を避くるの人は、陶淵明の「桃花源詩　并記」からの連想である。しかし一漁夫の目には理想郷と見えた桃花源の村は、秦代の戦乱を避けてその土地にひそんだまま、漢のありしことを知らず、いわんや魏と晋を知らずという世捨て人の世界だった。白石の境涯に、やや相通うものがないわけではない。

目の前の風景はのどかだったが、風はまだ肌を刺すつめたさをふくんでいた。冬の明け暮れの寒さは堪えがたかろう、と寒がりの白石は思っている。

――わし一人なら……。

堪えられぬことはない。しかし家にはまだ、これから嫁がせる娘が二人もいて、病身の次男もいる、と考えると、白石の胸をまたしても権力の仕打ちという言葉が通りすぎて行った。

「田舎だの」

詩稿を懐にもどして言うと、佐吉が呆然とした顔を白石にむけた。

「はい、いま少し家のあるところかと思っておりました」

「家などありはせん。麦畑だけだ」

白石は身体を回した。低い屋並みを連ねる内藤宿が見えた。そのあたり一帯も、畑から見るとわずかにかすんでいる。

「さて、行くか」

白石は佐吉に声をかけて、歩き出した。

五十

しかし白石が、内藤宿六軒町の拝領屋敷ではなく、べつに願いを上げて小石川柳町に居宅を構える気になったのは、ただ内藤宿が遠方で不便というだけが理由ではなかった。ほかに、人には言えぬ理由があった。

深川の借間を、土肥元成がたずねて来た。新将軍吉宗の治世の基本となるべき武家諸法度が公布された翌々日、三月十三日のことである。

「いまおやりになっているのは……」

挨拶を済ませた土肥は、白石の机の上と言わず下と言わず、何やら書きつけたおびただしい紙片が散らばっているのを見て、目をみはった。

「何の御勉強ですか」

「これか」

白石は上機嫌で、数枚重ねてある紙片を土肥にわたした。

「私家版の『爾雅』をつくろうかと思ってな」

「爾雅」は漢代の辞書である。土肥は紙片をめくり見ながら、これはこれはと言った。

「いや、まさか『爾雅』の向うを張るつもりはないが、じつは本は蔵にあるものの、心おぼえの和語の解釈を書きつけてみたところ、これが存外におもしろい。やめられずなって、取り出して読むこともままならぬ。そこで子供の参考のためにもと思って、この有様だ」

と白石は言った。

白石の言葉に対する興味が強まったのは、まだ甲府綱豊と言っていた時代の家宣に、詩経を講義したころからだった。白石はその時期に、講義しながら詩の中に出て来る草木、鳥獣、器物などについて、出来るかぎりのこまかな解説を行なったのだが、講義の必要にせまられてしたその解説は、予想外に強く、物を言いあらわす言葉というものに対する白石の、学者的な興味を呼び起こすことになったのである。

さきに書き上げた、たとえば「同文通考」などは、学者的な興味の見事な成果というべきものだったが、昨年書き上げた「古史通」とそれにつづく「古史通或問」もまた、この興味の流れにそってみちびき出されたすぐれた古代史解釈といっていいものだった。

しかしいま白石が、思いつくままに反古紙に書きとめ、あるいは時の移るのを忘れて熱中している書きものは、もっと端的に言葉そのものの成り立ちを解明する作業だった。言葉を拾い、その語源にせまる、その作業に熱中していると、白石の思考はしばしば古代世界の闇の中にまで踏みこまざるを得ない。

そこで手さぐりを繰り返しながら、これが言葉のみなもとかと思われるかすかな手がかりをさぐりあてたとき、白石は思わず闇の中に微光を見出した気持になる。その喜びはたとえようがなかった。そういう作業を、白石はほとんど徒手空拳の状態ですすめていた。

「照らし合わせるべき書物が手もとにないので、さぞ間違いも多かろうて」

「いえ、りっぱなお仕事と存じます」

土肥はそう言って、見終った紙片を丁重に机の端にもどしたが、何か気持に屈託があるといった様子で、はかばかしくはいまの話題に乗って来なかった。

そのことに、白石ははじめて気づいて言った。

「今日は何か、格別の用でもあったか」

「いえ、用というわけでもありませんが……」

土肥はちょっと下うつむいたが、すぐに顔を上げた。

「今度の御法度お改めの儀は、残念なことでした」

「うむ、残念といえば残念だが……」

白石は鋭い目を愛弟子にそそいだ。

「政権が改まったことゆえ、やむを得まい。不服を申してはならんだろう」

「しかし、天和の御法をそっくり踏襲されるとは思いもよりませんでした」

「………」

「あれはつまり……」

と土肥は言った。

「大学頭さまのご意見を用いられたということでしょうか」

「おそらくはな」

と白石もうなずいた。

一昨日公布された武家諸法度は、白石の苦心の作である宝永度の諸法度を根こそぎ廃し、綱吉治世のはじめにかかげた天和度の武家諸法度を、一句の違いもなく踏襲したものだった。当然林信篤の入れ知恵があったろうと思われた。

土肥に言われるまでもなく、そのことを知った白石は、一度はらわたが煮えくり返る思いをしている。白石につながる土肥は、その事件を白石の業績否定と受けとめて、前途に不安を感じているのかも知れなかったが、白石は白石で、その処置から故家宣の治世全体を否定された感じを受けたのである。

身におぼえのないことではなかった。家宣を新将軍にいただいた間部（まなべ）や白石も、治世のはじめには綱吉政治の否定に躍起となったのだ。綱吉の治世には欠陥があったと思いたいところだが、事実は善悪にかかわりがなく、新政権は前代を否定するところから歩きはじめたがるものかも知れなかった。

——いずれにしろ……。

宝永度諸法度の註である「新令句解」に記した、「文以（もっ）て治をいたす」ことを理想とした政治は終り、新将軍吉宗は新たな治世の形をもとめようとしているのだろうと白石は思い、しぶしぶ自分を納得させたのだった。

「室さまか深見さまは……」

と土肥が言った。

「近ごろ、こちらにみえられましたか」

「いや、来ておらんな」

「すると……」

土肥は一瞬言い淀（よど）んだが、すぐにつづけた。

「朝鮮使節の待遇を改められるといううわさは、まだ聞いておられませんか」

「待遇を改める？」

「はい、これも天和の旧例におもどしになるらしいと」

「ほう、ほう」

「いずれ対馬藩にそうお申しつけになるそうだと、かなりたしかなうわさのように聞きとりました」

「いやはや」

と白石は言った。

「深川の隅にいると、世の中に疎くなるの」

「将軍家は……」

土肥は、これがやはりたずねて来た目的だったらしく、やや顔を紅潮させて言った。

「先生がお決めになったことを、すべて廃されるおつもりでしょうか」

「そうでもあるまい」

と白石は言った。

「現に長崎貿易の改正新令は、そのままに差しおかれた。大学頭などがへたにいじると、収拾がつかなくなることはほかにもある」

そう言ったが、しかし白石は土肥が帰ったあとも、机の前に坐ったまま、朝鮮通信使の待遇が天和の旧例にもどされるということをじっと考えつづけた。胸中に、ひさしぶりにはげしく荒れくるう怒りを感じていた。

朝鮮通信使の待遇改定は、つねに国の威信ということを念頭におきながら、従来過度の礼遇に傾きがちだった使節の待遇を、両国平均の形に改めようとしたものだった。

しかしすでに慣例化された迎接の形式を改めることは容易なことではなく、実際に通信使を迎えてみると、半ば予想していた感情の行きちがい、あるいは予想以上の国の威信を賭けた衝突などが出て来て、通信使迎接という事業は強い緊張をもたらすことになったのだが、それも終ってみれば、大体は意図したごとき彼我平等の国交関係を打ち立てることが出来たのではなかったか、少なくとも日本、朝鮮両国の相互理解が深まったことはたしかだと白石は思っていた。

その、いわば緒についたばかりの苦心の改定国交が、土肥の言ううわさが真実ならつぎに使節を迎えるときはまったくの無に帰するわけである。白石には吉宗の意図がわからなかった。

——これでは……。

鳩巣が言ったお召し出しなどということは、たわごとに過ぎぬ、新将軍と自分との間には、天と地ほどの考え方のひらきがあるようだと白石は思った。

白石は立ち上がって部屋の端に出た。垣根にあたっていた日射しが、いつの間にか消えたと思ったら、軒下からひろがる空はいちめんに曇っていた。そして空は曇ったままで暮れて行くらしかった。白石の脳裏に、このとき深川に越して来てから出来た一篇の詩がうかんで来た。「卜居作」と題した七言律詩である。

満城の花柳　半ば凋残　嘆息す　人間行路の難きを
烏鵲月中に三匝すること急にして　鷦鷯　林下　一巣寒し
還つて同じく東海槎に乗つて去り　且く西山に対つて笏を柱てて看ん
楚客卜居　賦すべきに堪へたり　即ち秋思を将つて幽蘭に託さん

よわい風が吹いていた。天気はやがて雨に変るのか、風はしめった雨気を含んでいるようだった。

怒りは少しずつ鎮まって、白石はかわりに深い失望感にとらわれていた。だがその失望感の中に、残された道が簡明に見えていることもたしかだった。

――市塵の中に……。

帰るべしということなのだ、と白石は思った。

むかし同じ深川の、まさに市塵と呼ぶほかはない町の一隅に家塾をひらいていたころ、白石は鬱勃とした野心をもてあましていた。胸中には、わが才を用いてくれるよき主もがなという思いが、出口をもとめて悶々としていたのである。そして家宣という英明の主に出会い、存分に胸中にある抱負をのべることが出来た。儒者としては、稀にみる幸運にめぐまれたというべきだろう。

しかし、はなやかな光彩につつまれた時代は終って、いまやふたたび市塵の中にもどるべき時期が来ているのだった。それが掛け値なしの真相だと悟ったとき、失望感はようやくおだやかなあきらめの色を帯びはじめたようだった。よかれ悪しかれ新しい時代がはじまり、古い時代の登場人物は舞台から去るしかないのである。

というような真相はつとに白石の目に映っていたのだが、強すぎる自負心が目を覆い隠す役目をしたようでもあった。またよわい風が、白石の顔を吹き過ぎた。風は今度は潮の香がした。

白石のこのあきらめは正しかった。土肥はついに言わずに帰ったが、奥詰めの儒者の間には、白石の苦心の建議書類が、新政権のもとでことごとく火に投ぜられたといううわさがあったのである。

白石は縁側を伝って、妻女の部屋をのぞいた。部屋の外に立ったままで言った。

「明日、例の小石川の空屋敷とやらを見て参る」

「ああ、この間のお話の……」

小石川の御先手同心組屋敷の手前、伝通院の裏門前の町屋に、五百坪ほどの売り屋敷があると知らせて来た者がいた。ただちに内藤宿に引き揚げるつもりがないのであれば、こちらを一見してみてはどうかと。

白石は、一度はその話を興味もなく聞き流したのだが、いまはにわかにその空屋敷なるものを目でたしかめたい気持になっていた。

そういう白石のせわしない気分を感じ取ったのか、妻女は縫物を下におろすと懸念(けねん)ありげに夫をじっと見た。一緒に着物を縫っている姉娘の伝も、手をとめて父親を見ている。

「もし、場所がよければおもとめになるおつもりですか」

「ま、一度見ぬことには何とも言えぬが……」

白石は、目を妻女から婚期のおくれている娘に移した。かすかな苛立(いらだ)ちを感じていた。伝は二十半ばになっている。

「しかし、いつまでもここに間借りして、くすぶっているわけにも行くまい」

そういう問答があった翌日は、朝から梅雨めいた雨になったが、白石は前日に約束した案内の男と一緒に家を出た。舟で大川を横切り、小石川見附の手前で陸に上がると、そこから目ざす小石川の町にむかった。

水戸家上屋敷をはずれると、左手に小日向（こびなた）台地がせまって来た。台地の東端は伝通院の境内で、折柄（おりから）の雨に、広大な境内の木立は見わたすかぎりあざやかな新緑のいろに染まって見える。そこから、鳴きかわす小鳥の声がさながら遠い楽の音のように聞こえて来た。

その光景は白石の気持を動かした。

このあたりは、ローマ人シドッチを訊問（じんもん）するために何度か通りかかった場所だが、季節を異にするせいか、まるではじめて見る光景のように、緑の台地は心にせまって来る。

飛坂下を横切り、武家屋敷と寺院、町屋が入り組んでいる場所を通り抜けると、やがて崖下（がけした）に伝通院の裏門が見えて来た。門の内側にはゆるやかな坂道がつづき、その先は木立の中に消えている。

「ここが柳町です」

裏門前の町を通りすぎると間もなく、案内の男がそう言った。町医伴玄通の空屋敷がある小石川柳町は、台地の東というよりも、やや丑寅（うしとら）寄りにひろがる小ぢんまりとした町だった。空屋敷の門前からは、町の先につづく御先手同心の組屋敷の建物も見えた。

市塵の中にもどるといっても、白石はそのむかし家塾をひらいていたころの若さが、自分から喪われていることは承知していた。人間のにぎやかさといったものが好きだったが、年老いたいまは、にぎやかなだけの町に堪えられるとは思えなかった。そうかといって、内藤宿六軒町のような人里はなれた場所も好みではなく、強いて言えば白石は、雑踏の中の静けさといったものをもとめているのかも知れなかった。ここがもとめるその町だろうか。

ここならば御城にも近いし、友人も気安くたずねて来るだろう。書きものに倦きたら、崖下の坂道のあたりを散策するのもよい、と白石は思った。町の眺望は東と北にひらけていた。

――伝とお長にしても……。

と、白石はすでに大幅に婚期を過ぎている姉娘、間もなく婚期を迎える妹娘を思った。深川にひっこんでいては、あの二人にはいい縁談も舞いこむまい。新井筑後守の娘と聞いただけで、相手が二の足を踏むという話を思い出して白石が顔色をくもらせたとき、案内の男が何か言った。

「お気に入りましたでしょうか」

傘を傾けて近づいて来た男は、改めてそう言った。傘から雨がこぼれた。梅雨めいた静かな雨は、空屋敷の隅の木立のあたりを霧が湧いたように煙らせている。

「わるくない土地だ」

と白石は言った。

「それで、ここの家主はいかほどで手放すと申したかな」

「言い値は八十両でございます」

「高い、高い」

しかし、材木を知行所から取り寄せれば、八十両の地代をはらっても引き合うかな、と思ったが、白石はそのことはおくびにも出さず首を振った。

「そんな値段では話にならんぞ。もそっとまからんか」

その話は結局七十両で売買がまとまり、白石は知行所から取り寄せた材木で家を建て、その年の七月二十二日に深川から引越した。同時に支配の若年寄大久保常春にその旨を届け出た。

名目は内藤宿の拝領屋敷に家作するまでの仮住まいということなので、届けには借地したと書いた。大久保から何か故障が入りはしないかと、白石は届けを提出したあとも、慎重に経過を見守ったが、勤めから身をひいた老人の自前の転居は、さして関心をひくものでもなかったのか、何事もなく転居は承認された。

柳町に移って、白石はようやく落ちついて書物を読んだり、物を書いたりすることが出来るようになった。予想したとおり、室鳩巣や深見玄岱、それに土肥元成などもたずねて来て、白石の周囲はひさしぶりににぎやかになった。

「爾雅」の向うを張るつもりはないと言ったが、深川の間借り暮らしの間に手がけた和語の研究解釈も、翌年から補筆浄書をはじめて、享保四年二月には全二十一巻という大部の著作となって結実した。分類は「和名抄」に倣（なら）い、わが国の「爾雅」という意味で、「東雅」と名づけたのがこの著作である。

ほかに琉球の地理、風俗、官職、服装、物産などをあつめた地理書である「南島志」、日本、朝鮮の外交にあたって交換された文書や詩を収集した「方策合編」、さらには享保五年正月に脱稿した「蝦夷志（えぞし）」など、白石が三年から五年にかけて書き上げた著作は多かった。

そして三年には縁遠くて気を揉（も）んだ姉娘の伝を、小普請（こぶしん）で五百石の旗本市岡正軌に嫁がせて、白石はひと息ついた。あとは長男の明卿（あきのり）に嫁を迎え、末娘の長を嫁がせるだけだと思った。

しかし著述に熱中し過ぎたためか、それとも城勤めから身をひいた気の弱りが身体にも影響するのか、白石は柳町に転居したころから身体のぐあいがわるかった。若いころの瀉の病いとは異なるものの、食後腹ぐあいがわるく、また膝から下が氷のように冷えて、眠れないことがあった。白石は加賀藩の藩医で友人の小瀬復庵から、六曜丸という薬を送ってもらって服用したりしていた。

しかし足の冷えは歩かないせいだと言う人もいて、白石はつとめて外を出歩くようにした。はじめは頻繁にたずねて来ていた友人たちも、少しずつ足が遠のき、散策に出なければ間がもてないというような日もあったのである。

享保六年の正月過ぎのある日、白石は杖をついて散策に出た。風があったが、日が照っていてさほどに寒いとは感じなかった。しかし戸崎町から御薬園の横に出て、さらに指ケ谷町に抜けるころには、日は厚い雲に隠れてしまい、風が強くなって来た。

そしてようやく指ケ谷の町通りに出たとき、白石は自分が尋常でない寒さに身を晒しているのに気がついた。天候は急変して風は着ている羽織をはためかせ、綿入れの着物を通して肌に突き刺さって来る。足は、起伏の多い道を歩いて来たために、疲れ切っていた。

——これは、いかんな。

いそいでもどらなければ、と思った。しかし思うように足が動かなかった。そして白石は持っていた杖を取り落とした。手がこごえているのである。

ぞっとして、白石はあたりを見回した。道を歩いている者は、一人もいなかった。そして家々は襲って来る寒気を予知していたように、軒なみぴったりと板戸をしめ切っている。無人の町のようだった。

——あわてるまい。

白石は自分を戒めた。時刻はまだ八ツ半（午後三時）ごろだろうと思われた。いくら雪催(ゆきもよ)いの曇り空といっても、暮れ切るまでにはまだ一刻(いっとき)（二時間）の猶予(ゆうよ)があるだろう。それまでに家にたどりつけばいいのだ。

白石は道ばたに寄って、一軒の店の横手に積んである材木の端に腰かけた。そしてこごえた手をさすった。だがその間にもはげしい冷えが足もとから立ちのぼって来て、白石は胴ぶるいをこらえ切れなかった。

頭を垂れていたので、目の前に人が立ったのに気づかなかった。気配に気づいて顔を上げようとしたとき、その人間が「お師匠さま」と言った。

見上げると、不肖の弟子伊能佐一郎が立っていた。うどん屋の職人の身なりだった。

「どうなさいました、こんなところで……」

「おまえか」

もつれる舌で白石は言った。身体を縛っていた不安感が消え、こごえついた手足に血が流れはじめるのを感じた。

安堵の思いが身体の隅々まで行きわたり、その深い安堵感のために、白石はこの男が過去に残した許しがたい所業、裏切りや突然の失踪、そしてひとの女房を盗んだ罪まで許してやりたい気持になった。

深々とため息をついて、白石は言った。

「いや、こごえて動けなくなった。齢は取りたくないものだ」

「歩けますか」

伊能に言われて立ち上がると、白石はよろめいた。その身体を伊能の太い腕がささえた。

「私の店に寄ってひと休みなさってください。すぐそこです」

「場所は知っているさ」

と白石は言った。

「佐吉に聞いたことがある」

伊能は何も言わずに、白石の背に手をそえて歩いたが、しばらく行ってから言った。

「こんな寒い日に外を出歩くのは無茶ですよ」

「いや、家を出たときは日が照っていたのだ」

と白石は弁解した。

「急に空模様が悪くなりよった」

伊能が奉公している店に入ると、話を聞いたらしく主人が挨拶に来た。

熱いうどんを喰わないかと伊能がすすめたが、白石はことわってそば湯をもらった。小柄でかわいい顔立ちの女が、そば湯をはこんで来た。

「いまのは女房です」

伊能がてれて、顔を赤くしながら言った。

「女房だと？」

白石は伊能をにらみ、そば湯をすすった。熱い湯が胃の腑に落ちて、身体は信じがたいほどすみやかにあたたまって来た。

「ちゃんと去り状をもらっただろうな」

「もちろんです。ごく内輪ですが、祝言も挙げてもらいました」

「ふむ、それじゃりっぱな夫婦だ」

と白石は言った。人に人倫を説く儒者としては怪しからぬことかも知れないが、白石はそういう曲折があった男女の結びつきも、風情があってわるくはないではないかと考える人間だった。

「それで、この店の養子になるのか」

「いえ、その話はことわりました」

と伊能は言った。

「やはり修業を積んでのれんをわけてもらい、一からはじめるのがいいと思いまして」

白石は伊能の顔を見た。伊能の顔は艶があり、以前よりも男らしく引きしまって見えた。

——べつに……。

必らず学問で身を立てなければならないというものじゃない。うまいうどんを作れるようになれば、それはそれでけっこうではないかと白石は思った。

白石が、おやすが病気になったとき、伊能が夜中に医者に走ってくれたことを思い出していると、伊能もそういう思い出を振り返ったのか、懐しそうに言った。

「奥さま、ほかのみなさまお変りありませんか」

「息災だ。おますは嫁に行った。残るはおべんだけだ。一度たずねて来たらどうだ、みんなが喜ぼう」

「ありがとうございます」

伊能が深々と頭をさげたとき、表の障子を霰（あられ）が打ちたたいた。強い風の音も聞こえた。白石の顔色を見た伊能が言った。

「大丈夫です。帰り道は女房に送らせます」

享保九年の秋の夜、白石は内藤宿六軒町の書斎で、「史疑」の完成をいそいでいた。「史疑」は日本史の疑わしい事項を取り上げて解明し、歴史の誤りを正そうとするもので、去る六年に完成した「経邦典例」とならぶ重要な著作だった。

ほかに既述の「西洋紀聞」、「采覧異言」にも手を入れなければならない個所があり、白石は筆を措（お）くひまもないほどにいそがしかった。しかし老いはますます深まり、日はおどろくほどはやく過ぎて行った。

小石川柳町の家が火事で焼けたので、白石は三年前の享保六年、ついに内藤宿六軒町にいまの家を建て、転居した。閏（うるう）七月だった。そして移転した当時だけ一時的に人がたずねて来たものの、近ごろは友人といえども足が遠のき、白石は孤独の思いを深くしていた。

もっとも深見玄岱は、白石が転居したあと間もなく病死し、また室鳩巣、弟子の土肥元成がたずねて来ないのにも、それぞれに理由があった。

室は六年正月に論語を進講してから吉宗に用いられ、いまは諮問にも答えて、かつての白石のような役目をしていた。出世し、いそがしいのである。そして土肥は、吉宗が以前木門の儒者に命じて、高倉屋敷で一般に経書の講義を行なわせることにしたとき、白石の弟子であるがゆえにのぞかれるということがあった。

そういう経緯のあとで、六年に高倉屋敷に出仕を命じられたとき、土肥は白石に近づくのをはばからざるを得なかった。そのことを白石は咎めるわけにはいかない。理由はわかっていても、やはりさびしかった。白石が友人の佐久間洞巌にあてた手紙の中に、室鳩巣が吉宗に旧作の「明君家訓」を献じたことを取り上げて、室の政治的な見識の低さを批判したりしたのも、孤独感のなせるわざだったかも知れない。

去年の五月、病身だった次男の宜卿を病気で喪ったとき、あとで、白石は「癸卯中秋有レ感」という詩を作った。

何ぞ堪へん今夜の景　去年の晴に似ざるを
天は中秋に到りて暗く　人は子夏の明に同じ
交游は旧態を空しうし　衰老　尚余生あり
雲雨　手を翻すが如きも　世情の情に関わる非し

宜卿を悼む詩は、疎遠になった人々を見つめる詩になったのであった。

白石は、去年の正月ごろに、吉宗が室鳩巣に対して、新井筑後守の学問はどのようなものかとたずね、室が筑後守は古今に通じて博識の者です、世間に言う博識は大概中華の知識を指しますが、筑後守は本邦のことにもくわしく、和漢に通ずることは他の比肩をゆるさないものがあります、と答えたことを知らなかった。

もっとも室は、そのあと吉宗が近習を介して白石にものを諮問すべきかとたずねたのに対しては、白石は近ごろは老衰して物おぼえがわるくなったと聞いていますと言い捨てて退出した。白石の過去は賞揚しても、現在は否定したというべきかも知れない。

間部詮房は四年前に病死した。間部は享保二年に高崎から越後村上藩に移された。かつての綱吉の寵臣松平輝貞がたどった道である。失脚後、白石は新政権に遠慮して間部には絶えて会うことがなかったが、間部がはじめて封地村上に行くという直前に、享保三年の六月にその屋敷をたずねている。

間部はそれから二年後、封地村上でにわかに死んだ。五十五だった。その知らせを聞いたとき白石は、国入りする直前のどことなく生彩を欠いて見えた青白い間部の顔を思い出したのだった。あのひとは人を輔翼することには天賦の才をふるったが、自立して一国の政を沙汰するには少しく器量が乏しく、またそれについては興味も薄かったのではないかと白石は思った。そのことと白石からみれば早世とも言うべき間部の死が、どこかでつながっているような気がしてならなかったのである。間部の死もまた、白石を世に取り残された気分に誘いこむものだった。

しかし深まる老いの中にも喜びの日々はあって、六軒町に引越した年の秋に、長男の明卿は嫁を迎えた。そして最初の孫は早世したが、昨年八月に新たに孫が生まれた。そして昨年の暮には、最後に残っていた七女の長が、書院番士七百石の石谷清寅に嫁入った。

白石は筆を措いた。顫える手で、湯呑みの中の黒い煎じ薬を飲んだ。薬は知合いの医者に調合してもらった精力剤である。顔をしかめてにがく黒い液汁を飲み干し、しばらく頭を垂れていると、頂点に達した疲労がいくらかうすらいで行くような気がした。

もっとも、ただそう思うだけで実際の疲労は身体のあちこちにたまったままなのかも知れなかったが、白石はたとえ薬がもたらした幻にしろ、ほんの一刻でも疲れを忘れられればいいと思っていた。

深夜の内藤宿六軒町は、物音ひとつ聞こえず静まり返っていた。家を取り巻く厚くて濃い闇が四方から迫って来るような夜だった。その闇のはるかかなたで、また犬が啼き出した。

その声にしばらく耳を傾けてから、白石は筆を取り上げ、「史疑」の記述に取りかかった。命がようやく枯渇しかけているのを感じていたが、「史疑」を書き上げないうちは死ぬわけにはいかぬと思った。

行燈の灯が、白髪蒼顔の、疲れて幽鬼のような相貌になった老人を照らしていた。

左記の著作物を参考にさせていただき、多々御教示を得ました。著者各位に深甚の謝意を表します。

宮崎道生著「新井白石序論」、「新井白石の時代と世界」、「新井白石と思想家文人」、入江隆則著「新井白石　闘いの肖像」、宮崎道生編「新井白石の現代的考察」、李進熙著「江戸時代の朝鮮通信使」、映像文化協会編「江戸時代の朝鮮通信使」、片野次雄著「徳川吉宗と朝鮮通信使」、季刊「三千里」三十七号、辛基秀ほか著「朝鮮通信使絵図集成」（講談社）、勝田勝年著「新井白石の学問と思想」、武田幸男編「朝鮮史」、梶村秀樹著「朝鮮史」、奈良本辰也著「町人の実力」（中公文庫『日本の歴史』）、尾藤正英著「元禄時代」（小学館『日本の歴史』）、西山松之助・芳賀登編「江戸三百年(1)」、瀧川政次郎著「律令と大嘗祭」、谷省吾著「祭祀と思想」、真弓常忠著「大嘗祭」、「図説天皇の即位礼と大嘗祭」（新人物往来社「別冊歴史読本」）、駒田信二著「論語——その裏おもて」、「聖人の虚像と実像」、貝塚茂樹著「孔子」

大人の静かな物語

後藤正治

「小説現代」に連載された「市塵」が、単行本『市塵』として刊行されたのは一九八九（平成元）年、藤沢周平、六十二歳の年である。この年、藤沢は菊池寛賞を受賞しているが、作家としての円熟期を、また晩年のとば口を迎えていたころである。積み重ねてきた暦の厚みと、かすかな老境の気配が伝わってくる作品ともなっている。

主人公は、江戸中期、六代将軍家宣・七代家継の代、幕府中枢にあって政策を立案し、外交を仕切り、辣腕を振った儒学者にして政治家の新井白石である。合戦も草の者（忍びの者）も登場せず、その分、物語の展開は地味模様ではあるが、深みとコクのある歴史小説となっている。

「白石が桜田館出仕の儒者として甲府藩に召抱えられたのは、十一年前の元禄六年。白石が三十七歳のときである」とある。藩主・綱豊（のちの家宣）へ、中国の史書、資治通鑑綱目などを進講した。講義を受ける綱豊の態度は謹直であり、英明な殿様だった。

これ以前、白石は仕えた藩との縁薄く、浪人時には貧窮もなめている。当初、甲府での待遇は「俸禄四十人扶持（年七十二石）」というもので、つつましい暮らしに変わりはなかった。

五代将軍・綱吉は「生類憐れみの令」で知られるが、悪法だった。対象はイヌ・ネコにとどまらない。ドジョウやウナギを売り歩いたものは牢に入れられ、顔を刺した蚊をつぶしたということで処罰されたものもいたという。

庶民たちは、狂歌や川柳で憂さ晴らしをした。別段、幕政とのかかわりはなかろうが、この時期、富士山の噴火、地震、大火など天地の異変が続いた。

綱吉には世継ぎがおらず、娘・鶴姫が生む男子にのぞみをかけていた。が、鶴姫が病死し、にわかに甥（兄の子）、甲府綱豊が筆頭の後継者となる。

綱豊側近の用人、間部詮房は、「いささか他聞をはばかる」と断った上で「殿はいずれ将軍世子となられ、西ノ丸にお入りになる。つぎには将軍家にのぼられるだろう。その殿を補佐するのは、不肖それがしと勘解由（白石）どの、貴殿だ」と口にする。

間部は、周旋の才に長けた、腹の座った男だった。一介の儒学者である白石にひそかに声をかけたのは、自身に欠く学識を補い、さらに白石が「……心のうちに隠している、どす黒いほどの政治に対する好奇心を見抜いたらしい」のであった。綱豊は次期将軍が住まう西ノ丸へ移って家宣と名を改め、綱吉が亡くなると将軍となる。物語は一気に佳境に入り、間部と白石は幕政中枢へ踏み込んでいく。

本書には、白石の日々、またそのときどきの出来事にかかわる精緻な記述が幾度も見られる。以下は、西ノ丸での初講義の模様――。

《白石の初進講は、一月十一日になった。間部から差紙が来て、白石は指定どおりに九ツ（十二時）過ぎに西ノ丸に出仕したが、家宣が本丸に行ってまだ帰らないので八ツ半（午後三時）ごろまで御医師部屋で待った。その間土圭ノ間で間部に会って講義の中身を打ち合わせ、御座ノ間に通って進講した。講義したのは二十八章である。

家宣は御座ノ間の下段に坐っている。白石は熨斗目に半袴、足袋はぬいで素足という姿で縁側に座を占め、閾のそばに書物を置いて講義した。縁側の右手には陪侍の小姓たち、左には間部詮房がいてともに講義を聞くというふうで、桜田の藩邸にいたときとは進講の形も様変りした。

初進講がそれで終り、そのあと土圭ノ間から桐ノ間の御縁までしりぞいて、そこで間部、村上主殿、村上友之進らと現在書写にかかっている書物のことで意見をかわし

ているうちに日暮れとなり、時服を拝領した。熨斗目と水松茶の亀綾であった》

このような記述は、『新井白石日記』や自伝『折たく柴の記』があって可能だったのだろうが、随所に、原典に即してディテールを忠実に記す意図がうかがえる。それが、白石とその時代を描くに適した方法という判断があったのだろう。

新しい政権は前政権の否定からはじめるのが常であるが、家宣政権もそうだった。発足とともに、生類憐れみの令を廃止、以降、武家諸法度の修正、朝鮮使節団との外交、貨幣の再改鋳……など、さまざまな課題に取り組んでいく。白石が立案に当たり、間部が家宣との橋渡し役を担った。

朝鮮使節団の来日と難交渉にかなりのページが割かれているが、往時の朝鮮（李朝）と日本（徳川幕府）の関係が伝わってきて興味深い。

当時、両国の関係性は対等ではなく、我が国の使節団が海峡を渡っても、「釜山浦にとどめられて、首都漢陽から出向してくる接慰官の接待を受けるだけ」だったとある。背景に、「文化の圧倒的な先進性に対する敬意」が存在していた。

朝鮮使節団は大部隊で、「正使、副使、従事官の三使を中心に、第一級の文人、医師、画家などを選び、総人数は四百七十名から五百名ほどになるのが通例だった」とある。九州から瀬戸内を経て陸路へ上り、およそ二十五藩の接待を受けながら江戸へと向かう。日本側の総出費は百万両を数えたとある。

白石は、経費削減と簡素化を企図する。使節団との日本側窓口は対馬藩で、折衝に当たる雨森芳洲は中国語・朝鮮語に堪能で白石とは儒学塾の同門生。白石は雨森経由で、自身の詩集を使節団に手渡す。使節団は白石の学識に驚き、序文を寄せたとある。

面目をほどこした白石であるが、外交交渉ではふてぶてしかった。彼我対等が白石の信念で、徳川将軍は「国王」か「大君」か、国書交換での漢字一文字をめぐる紛糾にも一歩も引かない。タフなネゴシエーターだった。

白石・間部が主導する幕政に、守旧派の反発は高まるが、白石は種々の抵抗を剛直に押し切った。最大の政敵として立ちふさがったのは、勘定奉行の荻原重秀である。勘定畑を歩んできたエキスパートで、佐渡奉行も兼帯した。綱吉時代、幾度か貨幣の改鋳を差配し、巨額な出目（差益金）を幕府金庫にもたらしたが、自身の私腹も膨らませたと噂された。幕政の出費にも大雑把であったが、老中連中も財務のからくりはよくわからず、事実上、荻原が最高実力者の地位を占めていた。

銅銭の十文銭（宝永通宝）も改鋳されたが、寛永通宝に比べると薄っぺらで軽い。庶民たちは旧銭との交換をいやがった。改悪だった。

荻原と白石は、性格も体質もまるで違っていた。白石は御納戸金から三十七両を借りたことがあったが、五ヵ年で年賦(ねんぷ)返済するような生真面目(きまじめ)な男だった。城内の廊下で出くわすと、「この奸物(かんぶつ)め！」と思い、荻原もまた、白石には冷ややかだった。白石は幾度か、荻原糾弾の弾劾書(だんがいしょ)を書くが、いまひとつ証拠がつかめない。荻原の人脈は大奥などにもはりめぐらされていた。ようやく、銀貨改鋳での偽(いつわ)りが明るみに出て罷免(ひめん)され、貨幣は以前のものに戻されていく。

家宣は病弱で、将軍職にあったのは三年余。男児・家継への橋渡しを仕切ったのは間部で、「幼主を抱いて」新御代への継続を誇示した。

間部・白石体制は持続されるが、やがて幼主も八歳で亡くなり、紀州徳川の吉宗(よしむね)が八代将軍となる。

体制は一気に守旧時代に戻り、二人の権勢は失われていく。「人を輔翼(ほよく)することには天賦の才をふるった」間部は、封地、越後(えちご)村上に移るが、その地で没する。もともと市井(しせい)の一儒学者だった白石は、たまたま出会った間部・家宣に見込まれ、権力への階段を上っていった。自身、望んだことではないにせよ、学者では知りえない世界を味わった。儒者の分を説く後輩の手紙にこう思ったとある。

《しかし、うす笑いしたときに胸にうかんだ感想は、それだけではなかった。白石は権力の快さということを思い出していたのである。わが意見が天下を動かしていると感じたときの快い昂り。その地位にのぼった者でなければ理解出来ない権力の快さは、白石のような人間にも、ひそやかに沁みわたる毒のように時折り訪れる感情だったのである》

ここまで加増が続き、広い屋敷に移り住んでいた白石のもとに、屋敷明け渡しの使者がやって来る。いったい、この新井筑後守（白石）を誰だと思っているのか——と立腹するのであるが、仕方がない。

著者が本書に「市塵」というタイトルを付与したのは暗示的である。市塵——市中の雑踏、にぎわい、ごみやほこり。

《——市塵の中に……。

帰るべしということなのだ、と白石は思った。

むかし同じ深川の、まさに市塵と呼ぶほかはない町の一隅に家塾をひらいていたころ、白石は鬱勃とした野心をもてあましていた。胸中には、わが才を用いてくれるよき主もがなという思いが、出口をもとめて悶々としていたのである。そして家宣という英明の主に出会い、存分に胸中にある抱負をのべることが出来た。儒者としては、稀にみる幸運にめぐまれたというべきだろう。しかし、はなやかな光彩につつまれた時代は終って、いまやふたたび市塵の中に戻るべき時期が来ているのだった。それが掛け値なしの真相だと悟ったとき、失望感はようやくおだやかなあきらめの色を帯びはじめたようだった。よかれ悪しかれ新しい時代がはじまり、古い時代の登場人物は舞台から去るしかないのである》

本書に、伊能佐一郎という創作された——と思われる——人物が登場する。儒学における白石の師、木下順庵より託された少年で、頭脳明晰、明るい性格の青年となっていくが、学問の伸びはいまひとつ。どうやら町人の女房と付き合っているらしい。やがて、駈け落ちしたことが判明する。

意気地のない男だ——と、白石は腹立たしく思う一方で、こうも思っていた。

《白石の内部には一点のやわらかい部分があった。むかし俳句を好んで「白炭やあさ霜きえて馬のほね」と詠んだやわらかな心情が、齢とともに亡父に似て剛直に傾きがちな性格の中に消えずに残っているのである。

歯がゆくはあったが、白石は伊能佐一郎を怒ってはいなかった。伊能のような意気地のない、女子にやさしい男も、世にはいてしかるべきだろう。そう思いながら艶な

色調の絵巻の部分でも見るように、白石は女と消えた不肖の弟子のうしろ姿を見送っていた》

やがて、伊能が女子と一緒にうどん屋で働いていると耳にする。「ほんの一瞬だがうらやましいような気分が通り過ぎた」とある。

物語の終盤、寒い季節の日、杖を手に街中を散歩していた白石は伊能と出くわす。誘われてうどん屋に入ると、熱いそば湯を運んできた、かわいい顔立ちの女が女房だとわかる。

自身とまるで異なる人生を選択した弟子の姿は、白石にはあり得なかった人生だったが、ふと淡い憧憬を誘うものでもあった。著者が伊能に託したのは、もう一つの生き方であり、白石の胸奥にもこっそりと潜む隠し絵であった。

市井の家に転居した白石は、老いのなか、和語の研究『東雅』、朝鮮との外交録『方策合編』、琉球や蝦夷の地理史、切支丹宣教師より聴き取った『西洋紀聞』などの著を書き残していく。

白石は十人の子を授かったが、多くは健康に恵まれず、六人までを病で喪っている。

《何ぞ耐へん今夜の景　去年の晴に似ざるを　……交游は旧態を空しうし　衰老　尚余生あり……》

次男を喪ったさいにつくった漢詩の一節である。

白石の人生には、不遇の学徒だった若き日々、権力を動かした壮年期、執筆に専念した老年期がある。一度は権力の美味も味わった。退いてのちに知る寂寥（せきりょう）も。晩年、白石を支えたのは自身の手仕事として沁み入っていた学問と執筆だった。ラスト、「行燈（あんどん）の灯が、白髪蒼顔（そうがん）の、疲れて幽鬼のような相貌（そうぼう）になった老人を照らしていた」という文で締めくくられている。

一個の人生として思い浮かべるなら白石のそれに奇異なるものはない。本書は、時を超え、人が歩む歳月の普遍が伝わる、大人の静かな物語となっている。

（二〇二一年一月、ノンフィクション作家）

本書は平成元年五月講談社より刊行され平成三年講談社文庫に収録された。

新潮文庫最新刊

西村京太郎著
西日本鉄道殺人事件
西鉄特急で91歳の老人が殺された！ 事件の鍵は「最後の旅」の目的地に。終わりなき戦後の闇に十津川警部が挑む「地方鉄道」シリーズ。

東川篤哉著
かがやき荘 西荻探偵局2
金ナシ色気ナシのお気楽女子三人組が、発泡酒片手に名推理。アラサー探偵団は、謎解きときどきダラダラ酒宴。大好評第2弾。

月村了衛著
欺す衆生
山田風太郎賞受賞
原野商法から海外ファンドまで。二人の天才詐欺師は泥沼から時代の寵児にまで上りつめてゆく——。人間の本質をえぐる犯罪巨編。

市川憂人著
神とさざなみの密室
女子大生の凛が目覚めると、手首を縛られ、目の前には顔を焼かれた死体が……。一体誰が何のために？ 究極の密室監禁サスペンス。

真梨幸子著
初恋さがし
忘れられないあの人、お探しします。ミツコ調査事務所を訪れた依頼人たちの運命の行方は。イヤミスの女王が放つ、戦慄のラスト！

時武里帆著
護衛艦あおぎり艦長 早乙女碧
これで海に戻れる——。一般大学卒の女性ながら護衛艦艦長に任命された、早乙女二佐。胸の高鳴る初出港直前に部下の失踪を知る。

新潮文庫最新刊

河野裕著
さよならの言い方なんて知らない。6
架見崎に現れた新たな絶対者。「彼」の登場が、戦う意味をすべて変える……。そのとき、トーマは？ 裏切りと奇跡の青春劇、第6弾。

上田岳弘著
太陽・惑星
新潮新人賞受賞
不老不死を実現した人類を待つのは希望か、悪夢か。異能の芥川賞作家が異世界より狂った人間の未来を描いた異次元のデビュー作。

藤沢周平著
市塵（上・下）
芸術選奨文部大臣賞受賞
貧しい浪人から立身して、六代将軍徳川家宣と七代家継の政治顧問にまで上り詰め、権力を手中に納めた儒学者新井白石の生涯を描く。

幸田文著
木
北海道から屋久島まで木々を訪ね歩く。出逢った木々の来し方行く末に思いを馳せながら、至高の名文で生命の手触りを写し取る名随筆。

瀬戸内寂聴著
命あれば
寂聴さんが残したかった京都の自然や街並み。時代を越え守りたかった日本人の心と平和な日々。人生の道標となる珠玉の傑作随筆集。

黒川伊保子著
「話が通じない」の正体
—共感障害という謎—
上司は分かってくれない。部下は分かろうとしない——。全て「共感障害」が原因だった！ 脳の認識の違いから人間関係を紐解く。

市塵（下）

新潮文庫 ふ - 11 - 28

令和四年三月一日発行

著者 藤沢周平

発行者 佐藤隆信

発行所 株式会社新潮社

郵便番号 一六二―八七一一
東京都新宿区矢来町七一
電話 編集部(〇三)三二六六―五四四〇
読者係(〇三)三二六六―五一一一
https://www.shinchosha.co.jp

価格はカバーに表示してあります。

乱丁・落丁本は、ご面倒ですが小社読者係宛ご送付ください。送料小社負担にてお取替えいたします。

印刷・株式会社光邦　製本・株式会社大進堂

ISBN978-4-10-124728-1 C0193